官能小説 —

人妻ゆうわく相談室

多加羽 亮

竹書房ラブロマン文庫

目次

※この作品は竹書房ラブロマン文庫のために
書き下ろされたものです。

第一章　したがる人妻

1

目が覚めると、当たり前の日常がそこにあった。

「え、涼本《すずもと》先生？」

無意識に名前を呼び、ようやく夢だったのだと気づく。

（何だよ……）

赤石忠雄《あかいしただお》は落胆しつつ、たった今、夢で見ていた女性に思いを馳せた。

彼女――涼本真紀《まき》は高校教師である。忠雄にとって初めての女性だ。

しかしながら、彼が高校生のときに関係を持ったのではない。また、彼女は恩師でもなかった。

忠雄は大学院を修了したあと、臨床心理士の資格を取り、スクールカウンセラーになった。そして、赴任した学校にいたのが真紀なのだ。

そのとき、忠雄は二十五歳。彼女は二つ上の二十七歳だった。

もともと内向的で、趣味は読書というインドア派の忠雄である。ミステリー小説が好きだったことから心理学に興味を持ち、大学も文学部の心理学科に入った。

いくら心理学を学んでも、自分の性格までは変えられない。奥手なところは変わらぬまま、大学院を出るまで女性と交際したことのなかった忠雄は、キスすらも未経験の童貞であった。

そのため赴任先では、特に女生徒たちを前にすると緊張し、声がうわずった。そういう純情なところを生徒たちにからかわれ、カウンセリングルームにたむろされても何も言えなかったのだ。

そんな忠雄を見かねて、真紀が助けてくれた。用のない者をカウンセリングルームから追い出し、生徒に対処するコツを伝授する。しっかりねと励まされて、百人力を得た気がした。

英語担当の彼女は、眼鏡の似合う理知的な美貌が男子生徒に人気で、カチッとしたパンツスーツが似合っていた。Ｇカップはありそうなバストと、豊かに張り出したヒップが強調されたからだ。

しかも面倒見がよくて優しい。最初の勤務校にこんなに素敵な女性がいて、しかも助けてくれたのだ。なんてラッキーなのかと、忠雄は全知全能の神に感謝した。

そんなある日、忠雄は真紀から飲みに行きましょうと誘われた。

女性とふたりでお酒を飲むなんて初めてで、かなり舞いあがっていたのは否《いな》めない。ついつい飲み過ぎて酔ってしまい、気がつけばチェリーであると告白していた。

口を滑らせたことを後悔した忠雄であったが、幸運はどこに転がっているのかわからない。それならと、居酒屋を出たその足でラブホテルへ誘われて、魅力的な女教師を相手に初体験を遂げたのである。

まあ、勃起を握られただけで爆発したり、挿入すべきところがわからずまごついたり、挿《い》れても一分と持たずに果てるなど、みっともないところを見せてしまったのはご愛嬌《あいきょう》だ。めでたく男になれて、忠雄は感激至極であった。

真紀との関係はその後も続いた。但し、外で会うことはなく、常に校内だった。

他に誰もいない授業中のカウンセリングルームや、放課後の教室で愛撫を交わし、セックスもした。こんなところでいやらしい行為に及んでいいのだろうかという戸惑いや罪悪感も、いつしか快感を高める要素となる。忠雄は年上女性の虜《とりこ》となった。

そうやって経験を積めば、射精までの時間が長くなる。彼女に淫らな声を上げさせることもできるようになり、男としての自信もついた。

おかげで、女生徒にも余裕を持って対応できるようになった。

一般的なデートこそしなくても、忠雄は真紀の恋人になったつもりでいた。同じ学校に勤務したのはたった一年で、彼女が異動すると知らされたときはショックだったけれど、その後も関係は続くのだと信じていた。

ところが送別会の場で、真紀は婚約者がいることと、六月に結婚する予定であると、みんなの前で発表したのである。

同僚たちから祝福の言葉が投げかけられる中、忠雄はひとり絶望を味わった。もちろん初耳だったし、要は彼女に遊ばれただけだったのだ。

そこから立ち直るのには、かなり時間がかかった。

童貞を卒業できて、セックスのよさも教えてもらった。それでいいじゃないかと思えるようになったのは、彼女が異動して三ヶ月も経ってからである。

その後も、感度のいいボディや、ペニスをしゃぶられたときの巧みな舌づかい、挿入した蜜穴の甘美な締めつけなどを未練がましく思い返しては、何度もオナニーに耽《ふけ》った。別れても好きな人という歌があったが、別れても尚、忠雄は真紀のカラダを忘れられずにいた。

　未だに彼女がおらず、独り身なのは、そのせいなのだろうか。あれからもう、二年以上経っているというのに。

　真紀の夢を見たのは久しぶりだった。校内で全裸になり、激しく交わるという、現実にあったことをさらにエスカレートさせた淫夢。残念ながら果てる前に終わったため、朝勃《あさだ》ちのペニスはいつも以上にギンギンだ。

「むふぅ」

　ブリーフ越しに握りしめると、目のくらむ悦《よろこ》びに鼻息がこぼれる。辛抱たまらず、忠雄は下半身すっぽんぽんになった。もちろん、オナニーをするためである。

　休日でもないのに、朝っぱらから自慰に及ぶなんて。反省の気持ちがチラッと頭をもたげたものの、それよりは欲望が勝っていた。

（一回出さないと、萎《な》えそうもないからな）

　己《おのれ》の破廉恥《はれんち》な行動を正当化し、強《こわ》ばりきったイチモツを握る。

　夢の中で、忠雄は教卓に伏せた真紀のヒップをまる出しにさせ、バックから犯したのだ。その続きを脳裏に浮かべてペニスをしごく。

「ああ、涼本先生」

名前を口にすることで、快感が高まる。深い間柄になったあとも、忠雄は彼女をそう呼んでいた。本当は親しみを込めて、下の名前で呼びたかったのだが、年上ということもあって躊躇《ちゅうちょ》したのである。

そのおかげで、同僚ではなく教え子の気分で、女教師との禁断の関係にのめり込めたところもある。事実、彼女はセックスに関して、忠雄の先生だった。

（うう、たまらない）

早くも湧き出た先走り汁が、上下する包皮に巻き込まれてクチュクチュと泡立つ。真紀に挿入し、抽送《ちゅうそう》したときの音を思い起こさせた。

頭の中で、行為がエスカレートする。気ぜわしく腰を使い、女教師をよがらせる想像にのめり込む忠雄は、いよいよ高みに至ろうとした。

そのときである。

ピンポーン！

来客を知らせるチャイムが音高く鳴り響き、忠雄は仰天して飛び起きた――。

ここは「赤石カウンセリング」。スクールカウンセラーを辞めたあと、忠雄が開いたカウンセリング専門の施設である。

もともとの名称は赤石クリニックで、心療内科の医院だった。院長は忠雄の父である、赤石忠介《ただすけ》。

ストレスフルな社会ゆえ、不安や悩みを抱える者は多い。心を病《や》んで医療に縋《すが》らざるを得なくなり、クリニックのドアを叩いた患者たちと、忠介医師は長きに渡って付き合ってきた。

現在、彼は六十代の半ばであり、医者としてまだまだ働ける。しかしながら、親身になって患者と接してきた影響か、肉体よりも精神的に疲弊してしまった。

『もう疲れたから引退する。田舎《いなか》で農業をやりたい』

そう宣言した夫に、妻である忠雄の母も、それがいいと賛同した。

そして、本当にふたりとも郷里へ帰ってしまった。すでに子供は独立していたし、貯えもあったから、自然の豊かな土地でのんびり暮らすことにしたのである。

来院していた患者には他の心療内科を紹介し、赤石クリニックは閉院することとなった。建物も設備も老朽化していたし、医院は不動産屋に売却されるはずだった。

それを忠雄が引き継いだのだ。スクールカウンセラーを辞めるつもりでいたから。

早々に引退した父親に感化されたわけではない。真剣に悩みを訴える生徒がほんのわずかでもいれば、忠雄もその子たちのために力を尽くそうという気になったろう。

ところが、赴任した学校がたまたまそういうところだったのか、カウンセリングを必要とする生徒が皆無だったのである。

結果、やって来るのは暇つぶしをするだけの連中ばかり。すっかりやり甲斐をなくし、そこにいる意味があるのかと思い悩むまでになった。

そのため、本当に必要とする人のために、臨床心理士としての知識と技能を生かすことにしたのである。

父親の使っていたもののうち、比較的新しいデスクとチェアー、診療用のベッドを残して、あとは処分した。カウンセリングに特別な設備は必要ない。基本は相手の話を聞き、受容と共感の態度を示すのである。

どうするのかを決めるのは、相談者自身だ。カウンセラーは答えを示さない。次に進めるよう、支える役目を担う。

医院は自宅兼用ではなく、忠雄の父は家から通っていた。ただ、忙しくて帰れないときのために、奥に居住スペースがある。トイレはもちろん、簡易キッチンとシャワー室もあり、独りで暮らすには充分だ。忠雄は住み込みで働くことにした。

かくして、看板を新しいものに替え、カウンセリング専門のクリニックを開いた。三年間勤めた高校を辞めた二ヶ月後のことだ。

最初は、相談者が来るのかと不安があった。スクールカウンセラーのときも、頼ってくれる生徒がいなかったものだから、尚さらに。

場所は東京の西部、住宅街のど真ん中である。環境がよくて人口も多く、開業するのには最適でも、需要があるかどうかはわからない。

カウンセリングはじっくりと話を聞く必要があるため、予約制である。電話の他にメールアドレスも公開し、ネットでも受けつけるようにした。

開業前にチラシを配り、市報にも広告を出した。すると、初日から予約が入ったのだ。新しい職場になかなか馴染めないという、新入社員の女性であった。

これは幸先がいいと喜んだのも束の間、さすがに千客万来とはならなかった。水曜と日曜が休みで、開業は基本的に週五日だが、予約がまったく入らない日もあった。予約があっても、一日にひとりがせいぜいだ。

また、始めてから判明したのであるが、こちらが意図していたカウンセリングと、相談者が期待するものに乖離《かいり》が感じられた。

初対面から包み隠さず、何でも話せる人間などそういない。忠雄のほうも相手を見極める時間が必要であり、最初はお互いを探り合うかたちになる。

そのため、初回は料金を低く設定していた。続けて通ってくれれば、相応の価格に上げるつもりで。そもそも一度きりのカウンセリングで、すべて解決するわけがないのである。

海外ドラマでは、犯罪に巻き込まれるなどして心に傷を負った者が、カウンセラーやセラピストの元に通う場面がよく見られる。それも一度きりではなく、定期的に通うよう促される。自分自身を見つめるには、時間がかかるものなのだ。

そういう文化や習慣は、欧米では一般的でも、この国にはまだ根付いていない。日本人はすぐに結果を求めたがる傾向があり、何度も通って徐々によくなろうとは、なかなか思わないようだ。

忠雄のところに来た相談者も、すぐにアドバイスなり答えなりがもらえると、期待しているのが窺《うかが》えた。そのため、初回で期待したような成果が得られないと、あからさまに落胆した面持ちを向けられた。これでは意味がないと、即座に見限る者も少なくなかった。

よって、二回三回と、続けて通う人間は限られる。次の予約をしてもらえないことには、クリニックを続けるのは難しい。本当にやっていけるのかと不安にもなる。

けれど、開業してまだひと月足らずだ。何とかなると、忠雄は自らを励ました。

そのくせ、朝っぱらからオナニーをするとは、不真面目の謗《そし》りは免《まぬが》れない。

とは言え、二十八歳にして独り身。ヒマだから仕事疲れとも無縁だ。おかげで性欲を持て余し、淫夢と朝勃ちにも煽《あお》られて、独り遊びの誘惑に勝てなかった。

そして、いよいよ最高潮を迎えるというところで、邪魔が入ったのである。

2

（誰だよ、いったい？）

イク寸前で中断させられ、忠雄は不機嫌だった。それでもフルチンのまま寝床から這い出し、インターホンのモニターを確認する。

彼が寝ていたのは診療室――カウンセリングルームのベッドである。

居住スペースに六畳の和室があり、普段はそこに布団を敷いている。けれど、たまにここで睡眠を取ることがあった。何しろ、寝心地が抜群にいいのである。

それは一般的な診療台ではなく、介護用にも使える大きめのベッドだ。リクライニングもできて、低反発のマットレスも具合がいい。

心療内科では、患者の話を聞くことが重要だと、忠雄の父はよく言っていた。基本的には椅子に腰掛けて向き合ったそうであるが、よりリラックスしてもらうために、ベッドも使ったという。

忠雄は応接セットを使い、ソファーで相談者と向かい合う。ベッドは、そちらがいいと希望があれば使うつもりでいたが、これまで一度も申し出がなかった。

そのため、昼寝や就寝時に使うようになったのである。

ともあれ、

(え?)

モニターに映った三十路《みそじ》前後と思《おぼ》しき女性に、忠雄はまばたきを繰り返した。てっきり宅配便か何かかと思ったのに、そういう業者の人には見えなかったのだ。

「ええと、どちらさまでしょうか?」

訊ねると、彼女の顔がアップになる。カメラに顔を近づけたらしい。

『あの……予約しました谷村《たにむら》です』

言われて忠雄は焦った。確かに今日は予約が入っていたのだ。

壁の時計を見あげれば、午前九時を回ったところだった。

「ええと、予約は十時だったと思うのですが」

だからこそ、まだ余裕があるはずと、惰眠《だみん》と快楽を貪《むさぼ》っていたのである。

『でも、こちらは八時半が開業時刻ですよね? だから早めに来たんですけど。わたし、一刻も早く、お話を聞いてほしいんです』

八時半に開業というのは当たっている。しかし、普通の医院と異なり完全予約制だから、フリーで訪れる者はいないのだ。

とは言え、せっかく予約してくれた人を、まだ早いという理由で追い返すわけにはいかない。

「わかりました。少々お待ちください」

忠雄は急いで奥の部屋に向かい、ズボンを探した。脱いだブリーフはベッドの中で、面倒だとばかりにノーパンで穿く。シャツも着てから取って返し、カウンセリングルームと待合室を抜けると、玄関のロックをはずした。

「お待たせいたしました。どうぞ」

ドアを開けた外にいたのは、白いブラウスにロングスカートという、清楚な身なりの女性だ。落ち着いた雰囲気が感じられるのは、結婚しているからだろう。それとなく左手を確認すれば、案の定薬指に銀色のリングがあった。

涼しげな和風の面差しは、育ちのよさが感じられる。それでいて、眉間のあたりに焦りと苛立《いらだ》ちが浮かんでおり、悩みが深いことを訴えていた。

だからこそ、予約時刻よりも早く来院したのだ。

「時間前に申し訳ありません」

一礼して入ってきた彼女に、とりあえず待合室にいるようお願いする。ベッドを片付けねばならないのだ。

先にカウンセリングルームに入ると、忠雄はまず窓を開けた。換気をして、寝汗の匂いを消し去るために。それから掛け布団とブリーフを奥の部屋に運び、シーツを綺麗に整えた。

(これでいいかな)

室内をざっと見回し、不都合なものはないのを確認してから、女性を招き入れる。

「では、こちらへどうぞ」

「失礼いたします」

入室した女性に、三人掛けのソファーを勧める。自分は向かい側の、ひとり掛けに腰をおろした。

すると、彼女が怪訝《けげん》な面持ちを浮かべ、小鼻をふくらませる。さっきまで眠っていた忠雄の、男くさい臭気を嗅いだのだろうか。

(けっこう鼻が利くみたいだぞ)

射精しなくてよかったと、忠雄は安堵した。この様子だと、ザーメンの残り香でオナニーをしたことがバレたかもしれない。

「では、こちらの記入をお願いいたします」

何食わぬ顔で、バインダーに挟んだ書類と、ボールペンを手渡す。氏名や生年月日、住所など、個人情報を記入してもらうために。

予約段階では苗字と性別、年齢しか訊ねていない。詳しいことは、こうして対面してから確認することにしていた。相談者は、個人情報が漏《も》れるのを気にしがちであるために。

「あの、この下の、サインを書くところは？」

女性の質問に、忠雄は説明した。

「そこにも書いてありますが、カウンセリングの録画に同意していただきたいんです。あとで私が見返して、対処方法を検討するために。もちろん外部には出しませんし、すべて終わったあとで完全に消去します」

「録画ですか？　録音じゃなくて」

「はい。音声だけだと、微妙なニュアンスがわかりづらいんです。私は表情からも相談者さんの思いを汲み取りたいので、ビデオで記録をするようにしています」

「はあ……」

「ただ、あくまでも補助的に使用するだけですので、そこまでしなくてもいいというのであれば、録画はいたしません。その場合は、サインをしなくてけっこうです。また、最初は保留にして、二回目から録画を許可するということでもかまいません」

女性は少し考えてから、同意書の部分にサインをした。

「ありがとうございます」

忠雄は礼を述べ、バインダーを受け取った。

彼女の名前は谷村亜由美《あゆみ》。三十三歳で、職業欄には「主婦（パートタイマー）」とあった。やはり人妻なのだ。

記入してもらったところをひと通り確認し、一枚めくる。その下にはメモを取るための用紙があった。

それから、ローテーブルの上にあったリモコンのスイッチをオンにする。相談者の目に留まりにくいところにセットしたビデオカメラの、録画ボタンである。

「谷村亜由美さんでよろしいですね？」

「はい」

「このお近くにお住まいなんですね」

「そうですね。歩いて十分ぐらいです」

「家族構成をお伺いしてもよろしいですか？」

「夫とふたりだけです」

「旦那さんはおいくつですか？」

「四十歳です」

そうすると、七つも年上なのか。あるいは職場の上司だったのかと想像したものの、さすがに初日からそこまでは訊《き》けない。もちろん、カウンセリングに必要だと判断されれば、夫婦関係などさらに深く踏み込むことになるであろうが。

「ご結婚なさって何年ですか？」

「ええと、五年目です」

基本的なことを訊ねてから、

「それでは、準備が整いましたら、いつでもお話を始めてください」

忠雄が告げると、亜由美が眉をひそめる。

「え、準備？」

「相談内容を話す準備です。最初から順を追う必要はなくて、どこからでも話しやすいところから始めてください。ただ、時間が限られておりますので、ある程度はポイントを押さえるようにして」

事前に注意を与えると、

「……わかりました」

彼女は納得したふうにうなずき、天井を見あげた。考える顔つきで、唇をかすかに動かす。

こちらから質問して話を引き出さないのは、何をどうしたいのか、相談者の頭の中を整理させるためである。中にはこの段階で、べつに相談するまでもないなと思い直し、カウンセリングを中止する者もいる。もちろん、それでもかまわない。

すると、亜由美が話を始める前に、希望を述べる。

「あの、向かい合ってだと話しづらいので、隣に来ていただけませんか？」

「わかりました」

忠雄は了承し、立ちあがった。

話を聞くときに横並びになるのは、カウンセリングでは普通にある方法だ。正面からの威圧的な視線を感じずに済み、話しやすくなるのである。

三人掛けのソファーに坐ってもらったのは、そうする場合を想定してのことだった。中にはパーソナルスペースを強固に守りたい相談者もいるので、頼まれたら横に坐るようにしていた。

しかしながら、亜由美の隣に腰掛けようとして、忠雄は困った。彼女が端《はし》にいたのなら適度な距離を置けたのに、真ん中に坐っていたからである。しかも、どちらかにずれる気配がない。

（まあ、いいか。本人の希望なんだから）

へんに意識する行動を取ったら、向こうも気詰まりだろう。ここは自然に振る舞うしかない。

それでも、なるべくくっつかないように気をつけて、忠雄は腰を下ろした。

（おっと——）

危うく彼女のほうに傾きそうになり、慌てて足を踏ん張る。スカートでわからなかったが、けっこうヒップのボリュームがあるらしく、ソファーに深く沈んでいたのだ。

「では、どうぞ」

焦りを隠して促すと、亜由美が口を開いた。

「先生にご相談したいのは、職場の人間関係についてなんです」

彼女がパートタイムで勤める先は、近くのスーパーマーケットだという。品出しとレジが主な仕事で、手が足りないときには惣菜の調理を手伝うこともあるとか。

「わたしは勤めて半年ぐらいで、まあ、仕事そのものは慣れたんですが、人間関係にややこしいところがあって」

かいつまんで言えば、パートの中に派閥みたいなものがあって、特にどこにも所属していない亜由美は、少々肩身の狭い思いをしているらしい。

「もともと、お隣の奥さんに紹介していただいたんですけど、パートに入る日時はそんなに重ならなくて、仕事は別の方に教わったんです。でも、その人は、お隣の奥さんとは別のグループで――」

彼女は派閥など関係なく、仕事があれば誰の頼みでも引き受けるために、お隣さんや指導してくれた先輩、さらに調理場関係や正社員など、いくつものグループと繫《つな》がりができたという。そのせいで、うまく立ち回っているふうに捉えられ、聞こえよがしに悪く言う者がいるとのことだった。

異なるグループ間の、対立とまでは言えなくても、決して交わろうとしない閉塞的な関係性は、忠雄が勤めていた高校にもあった。さらに、彼自身が通っていた小中高や大学でも。それらは基本的に女子の人間関係で、男にはほとんど見られないのが特徴である。

そのため、忠雄は（またか）と思った。けれど、相談者である亜由美には、けっこう深刻な問題らしい。第一印象どおりに育ちがよいのだとすれば、他人を疑うことを知らないがゆえに、要《い》らぬ軋轢《あつれき》に巻き込まれやすいものである。

「そこは仕事のわりにお給料がよくって、時給以外の手当もちゃんとしているんです。ですから、わたしはこのまま続けたいんですけど、誰かと言葉を交わすたびに、他のグループの人から悪口を言われている気がして、憂鬱になるんです。いっそ、誰とも話をしないでおこうかとも思ったんですけど、そういうわけにもいかないですし」

彼女は特に反感を抱かれている数名について、その言動を事細かに説明した。正直、聞いているだけでげんなりしたものの、うなずきながら傾聴する。相談者に気の済むまで話をさせることが、カウンセリングでは重要なのだ。

気がつけば、一時間半近くも経っていた。

「お飲み物はいかがですか？」

とりあえず話がひと段落ついたのを見計らい、忠雄は声をかけた。

「ええ、お願いします」

亜由美が即答する。話しっぱなしで、喉が渇いたのだろう。

立ち上がり、部屋の隅に設置した冷蔵庫の前に進む。中からペットボトルの水を出し、応接セットに戻った。

「どうぞ」

「すみません」

彼女はキャップを開けると、コクコクと喉を鳴らしてボトルの半分近くを空けた。かなり水分を欲していたようだ。

「ふう」

人妻がひと息ついたところで、隣に腰をおろす。まだ話が続くかなと間を置いたところ、縋る眼差《まなざ》しが向けられた。

「わたしはどうすればいいんでしょうか？」

こうしたらどうですかと、何らかのアドバイスを示すことは難しくない。最も簡単なのは、気にしなければいいんですと告げることだ。

しかし、それでは解決にならない。何を望んでいるのか、どうなりたいのかを、本人に考えさせるのである。

「谷村さんご自身は、どうしたいとお考えですか？」

問い返すと、亜由美がきょとんとした面差しを見せる。

「え、どうしたいって？」

「谷村さんがイメージする、理想的なご自身の姿といいますか」

忠雄の返答に、彼女は戸惑ったふうに眉をひそめた。

「あの……わたしは先生に相談しているんですけど」

「もちろんわかっています。だけど、まずはご自身の気持ちをはっきりさせないと、根本的な解決に繋がらないんです」

「わたしの気持ちなら、すでにお話ししました。とにかく困っていると」

亜由美の表情に、あからさまな不満が浮かんでいる。一般的な悩み相談のように、何らかの回答を期待していたようだ。

これはまずいと、忠雄は軌道修正を図った。

「そうですね。時間もだいぶ経ちましたから、続きは次回と言うことでいかがでしょうか」

カウンセリングは、九十分を一単位として料金を設定している。それは予約段階でも明示してあり、だから始める前にも、時間が限られていると伝えたのだ。

もう間もなく九十分になる。初回はここまでにして、落ち着いてから改めてと考えたのである。

ところが、亜由美の表情がいっそう険しくなる。

「つまり、何も解決していないのに終わりってことなんですか？」

「あ、いえ」

「しかも、見通しがないのにまた来いなんて、どういう料簡なんでしょう」

声が怒りに震えている。忠雄は怯《ひる》み、言葉を失った。

これまでにも不満を訴えられたことはあり、その度にカウンセリングの意義を説明したのである。ところが、彼女には伝わりそうにない。それどころか、怒りの炎に油を注ぐ恐れもあった。

「だいたい、わたしがずっと話していただけで、先生は何も言わなかったじゃないですか。なのに時間切れだなんてひどすぎます。カウンセリングの時間が九十分なら、先生が九十分お話しするべきです」

非難の言葉がぽんぽんと出てくるのは、それだけ相談内容で悩んでいたためなのだ。なのに話を聞くだけ聞いて終わりと言われては、はぐらかされたように感じるのも当然である。

しかし、それがカウンセリングなのだから、忠雄にはどうしようもなかった。

「とにかく、続きは次回なんて、わたしは納得できません。これじゃ詐欺みたいなものじゃないですか」

「詐欺だなんてとんでもない。そもそもカウンセリングというのは――」

無謀だとわかりつつ説明を試みようとしたのは、詐欺と決めつけられたのが心外だ

ったからだ。ところが、

「そんなことはどうでもいいんです」

ぴしゃりと撥《は》ねつけられてしまった。

(……こんなわからず屋の人には見えなかったのに)

案外気が強く、自己主張が強いようである。だったら人間関係に悩むこともなさそうなのに、決して安くないカウンセリング料を払うのだから、何を言ってもいいと思っているのか。

「先生はおいくつなんですか?」

「に、二十八です」

「わたしより五つも下じゃないですか。そんなんで、本当にカウンセリングなんてできるんですか?」

年下から指示されたことも、面白くないようだ。

亜由美に詰め寄られて、忠雄が何も言えなくなったのは、初めての相手である真紀を思い出したためもあった。

最初に関係を結んだとき、いよいよ童貞を卒業できると喜んだ反面、恋人でもない女性とそういう行為に及ぶことにためらいもあった。けれど、真紀から強引に迫られたために、迷うゆとりがなかったのだ。

近い距離で、おまけに強気な態度でぐいぐい来る人妻は、年上の女教師との初体験を脳裏に蘇《よみがえ》らせた。ほんの二時間ほど前に、淫らな夢で当時のことを思い起こしたばかりだったから、容易に思考がそちらに向きやすかったのだろうか。

（あ、まずい）

股間のイチモツがムクムクと膨張する気配があり、忠雄は焦った。こら鎮《しず》まれと命じたのも束の間、亜由美がこちらに身を乗り出してきたのである。

ふわ――。

甘くなまめかしい香りが鼻腔に流れ込む。ずっと隣にいて、成熟した女体のかぐわしい匂いを嗅いでいたはずなのに、カウンセラーらしく振る舞うことで意識せずに済んだのだ。

ところが、心に隙が生じたことで理性が弱まる。接近されて色白の肌が綺麗だとわかり、相談者が魅力的な女性であると意識せずにいられなくなった。

（こんなに美人だったっけ……）

おかげで、ますます狼狽《ろうばい》する。

童貞でこそなくても、知っている女性はひとりだけだ。しかも、二年以上も親しい交際がない。免疫がないため、募る欲望を抑えきれなくなった。

「ちょっと、どうなんですか？」

なじられても言い返せず、気圧《けお》されてのけ反るのみ。

そんな態度に業を煮やしたか、亜由美がさらに顔を近づけてくる。不満がとめどなく溢れ、文句を言わずにいられなくなったようだ。

けれど、勢いをつけすぎたのか、バランスを崩した。

「キャッ」

悲鳴を上げ、人妻が倒れ込んでくる。咄嗟《とっさ》に抱きとめた忠雄であったが、彼女が手をついた場所がまずかった。

「あうう」

たまらず声を上げたのは、ズボン越しに股間を握られたからである。もちろんわざとではなく、亜由美はただからだを支えようとしただけなのだ。

それでも、欲情のとば口を捉えていたものだから、柔らかな手が目のくらむ快感をもたらした。

「え？」

牡《おす》の反応に、彼女が戸惑いを浮かべる。自分がどこに触れているのか、まだわかっていないらしい。

それを確認しようとしてか、手指をニギニギと動かす。

「うあ、あ、あ――」

悦びが否応なく高まる。ノーパンだったために、刺激がよりダイレクトであった。

そこに至って、ようやく亜由美も気がついたらしい。

「ちょっと、なに」

咎《とが》める目で睨み、手にしたモノを握り込んだ。

「まったく、どこをさわらせてるんですか？」

こっちが無理やりさせたように言われて面喰らう。しかも、そんなことを言いながら、手をはずそうともしないのだ。

「いや、あの」

忠雄は焦り、腰をよじった。快《こころよ》さにひたる分身が、血流を呼び込むのがわかったのである。

「え？」

亜由美が目を見開き、摑《つか》んだところを見る。そればかりか、ムクムクと膨張するモノを、布越しにしごいた。

あたかも、さらなる膨張を促すように。

「あああ、だ、駄目」

もはやどれだけ忍耐を振り絞っても、無駄な努力であった。牡器官は力を誇示するみたいに伸びあがり、ビクビクと脈打つ。

「大きくなっちゃった」

自分がそうさせたのに、彼女が他人事みたいに言う。表情に嫌悪感が浮かんでいないばかりか、

「口は立たないのに、こっちはタッちちゃうのね」

などと、品のない冗談を言う。

「い、いけません、奥さん」

名前ではなく、夫がいることを示す呼び方をしたのは、不貞の行為であることをわからせるためであった。ところがそれが、勝ち気な人妻の反感を買ったらしい。

「ふん。ダンナがいる女に欲情しておいて、偉そうに言わないで」

完全にこちらを下に見ている。さっきまでは言葉遣《づか》いも丁寧だったのに。

亜由美は高まりからいったん手をはずしたものの、それで終わりではなかった。忠雄のズボンに手をかけて、前を開いたのである。

「え？」

いきなり肉色のイチモツがあらわになったものだから、さすがに驚いたようだ。

「なによ、パンツを穿いてないの？」

咎める口調で言い、飛び出した筒肉をためらいもなく握る。

「くうう」

指の柔らかさを直に感じ、忠雄はのけ反って呻《うめ》いた。

「こんなに硬くしちゃって……ひょっとして、こういうことをしてもらいたくて、パンツを穿いてなかったの？」

もちろん違うが、さりとて朝っぱらからオナニーをしていたなんて、本当のことは言えない。他に適当な理由も思い浮かばす、黙り込むしかなかった。

そのため、彼女がますます調子づく。

「いやらしいんだから、まったく」

そそり立つ淫棒を、シコシコとこする。包皮を巧みに上下させ、適度な刺激で年下の男を翻弄《ほんろう》した。

「うあ、あ、ううう」

忠雄は喘ぎ、身を震わせた。自分でするのとはまったく違うと、童貞みたいな感想を抱いたのは、異性とのスキンシップから遠ざかっていたためである。その間、ずっと右手が恋人だったたし、今朝も自分でしごいたばかりだったのだ。

「ほら、もうエッチなおツユが出てきたわよ」

カウパー腺液のことなのは、見なくてもわかる。尿道を熱いものが伝う感覚があったからだ。

クチュクチュ……。

包皮に巻き込まれた先汁が、卑猥な粘つきをたてる。欲情をあらわにしたサウンドが、恥ずかしくてたまらなかった。

「お願いです……許してください」

快感を求める気持ちよりも羞恥が先に立ち、忠雄は懇願した。

「だったら、わたしがどうすればいいのか、ちゃんとアドバイスしてちょうだい。でないと、このまま射精させるからね」

辱《はずかし》めることでカウンセラーから答えを引き出すなんて、聞いたことがない。こんなクライアントの事例は、臨床心理の専門科目でも教わらなかった。

しかし、もはや四の五の言っていられない。

「ええと……パート先の偉い方に、職場環境の改善をお願いするというのは？」

「陰口をたたくなって、みんなに注意してもらうってこと？　そんなことをしたら、わたしが密告したたって責められるじゃない」

「だったら、いっそのこと、どこかのグループに所属するというのは」

「それじゃ根本的な解決にならないわ。わたしはみんなと仲良くしたいの」

「それなら、何を言われても気にしないようにするとか」

「気になるから、わざわざ相談しに来てるんでしょ」

亜由美があきれた顔を見せ、大袈裟《おおげさ》にため息をつく。

「まったく、プロのくせに、もっとまともなことは言えないの？」

臨床心理士は、あくまでもカウンセリングのプロである。悩み相談に答える専門家ではない。

とは言え、今さら説明したところで、納得してはもらえまい。

忠雄は彼女が満足できる答えを、懸命に絞り出そうとした。だが、ペニスをしごかれているのに、頭がまともに働くわけがない。

おまけに、頂上が刻一刻と迫ってくる。

（うう、ヤバい）

腰が意志とは関係なく、ビクッ、ビクッとわななく。呼吸も自然と荒くなり、目の焦点が合いづらくなってきた。

「ほら、どうしたの？」

亜由美が意地悪く目を細め、手の動きを速める。男を支配することを面白がっているのは明らかで、もはや相談の回答などどうでもよくなっているのが窺えた。

（この人、ひょっとしてサディストなのか？）

上品で淑《しと》やかな奥様という第一印象は、今や過去のものだ。これが彼女の本性だというのか。

いや、普段からこうなのではなく、はっきりしない態度の忠雄をなぶることで気が昂《たかぶ》り、隠れていた性癖が露呈したのかもしれない。

「も、もう駄目です」

いよいよ切羽詰まり、忠雄は泣き言を口にした。そうすれば、さすがにやめてくれると思ったのである。

ところが、亜由美は非情であった。

「だったら、出しちゃいなさい」

冷たく告げると、屹立《きつりつ》をリズミカルに摩擦する。さすが人妻というべき、慣れた手つきであった。

そのため、やすやすと限界を突破する。

「ああ、あ、いく——出ます」

ソファーの上で尻をはずませ、蕩《とろ》ける美感に意識を飛ばす。溜まっていた先走りを押しのけるように、さらに粘っこい固まりが尿道を通過した。

どぴゅっ——。

本当にそんな音がしたと思ったほどの、勢いのある射精。真っ直ぐに飛んだ牡のエキスが、亜由美の顎にかかったのが見えた。

「キャッ」

悲鳴をあげた彼女が、ペニスから手を離す。

(あ、そんな)

忠雄は咄嗟に分身を摑み、猛然としごいた。せっかく得られたオルガスムスを、より快いものにするために。

「くはっ、ハッ、はふ」

息を荒ぶらせながら、濃厚なザーメンをたっぷりとほとばしらせる。どこに飛ぼうが、どこを汚そうが、気にするゆとりなどなかった。

快感曲線が下向きになり、射精が終わる。独特の青くささが広がる中、忠雄は筒肉を根元から先端に向かって強くしごいた。

「くうう」

駄目押しの愉悦《ゆえつ》に呻けば、鈴口に白濁の雫《しずく》がじゅわりと盛りあがる。気怠《けだる》い余韻に包まれて、忠雄はふうと息をついた。いつになく脱力感が著《いちじる》しいのは、それだけ快感が大きかった証《あかし》である。

3

「もう……酷《ひど》いじゃない。こんなに汚して」

ティッシュを手に、亜由美が文句を言う。香り高い牡汁が、シャツやスカートに飛び散っていたからだ。

だが、そもそも射精に導いたのは、彼女なのである。あんな近い距離にいればどうなるかぐらい、わかっていたはずだ。

満足げに縮こまったペニスをあらわにしたまま、忠雄は後始末をする人妻をぼんやりと眺めた。何をするのも億劫で、いっそソファーに寝転びたかった。

すると、亜由美が立ちあがる。ホックをはずされたスカートが、ふわりと床に落ちた。

ベージュのパンストに包まれた下半身があらわになる。着やせするのか、腰回りも太腿《ふともも》も肉づきがいい。薄地に透ける臙脂《えんじ》色のパンティがいっそうエロチックで、女の色香が匂い立つようだ。

煽情《せんじょう》的な眺めに魅せられつつも、忠雄はまだボーッとしていた。強烈なエクスタシーの余韻が、しつこく続いていたのである。

（ていうか、どうして脱いだんだろう）

そんな疑問が浮かんだのは、これで終わりだと思っていたからだ。もしかしたら、精液で汚されたスカートを洗濯したいのかとも考えた。

けれど、彼女がナイロンの薄物をヒップから剝《む》き下ろしたことで、そうではないと悟る。

亜由美はソファーに腰を下ろすと、パンストを爪先から抜き取った。さらに、パンティも脱いでしまう。

そこに至ってようやく、続きがあるのだとわかった。

「ここに寝なさい」

再び立った彼女に命じられ、忠雄は戸惑いつつも従った。横になるなり、半脱ぎだったズボンを奪われる。これでふたりとも下半身すっぽんぽんだ。

情欲がぶり返したものの、分身は未だ縮こまったままである。ひょっとしてセックスをするつもりなのかという期待も、再勃起を促すほどではなかった。

「自分ばかり気持ちよくなるなんてズルいわ。わたしにもお返しをしてちょうだい」

当然の権利だとばかりに訴えて、亜由美がソファーに上がってくる。しかも、年下の男にたわわな臀部《でんぶ》を向け、逆向きで胸に跨《また》がったのだ。

（わっ――――）

忠雄は圧倒されてのけ反った。いかにも重たげな丸みが、目の前に差し出されたのである。

色白で、巨大なパン生地を連想させるそれは、触れなくてももっちりした質感が伝わってくる。少しのブレもない曲線は芸術作品の趣《おもむき》で、どれだけ高名な彫刻家でも再現は不可能だろう。

とは言え、魅惑のフォルムにのみ心惹かれたわけではない。

ぱっくりと割れた深い谷には、薄茶色の色素が沈着している。谷底のツボミは会陰《えいん》側がわずかにほころんでいるものの、あとは綺麗な放射状のシワを刻んでいた。その周りを、短い縮れ毛がぽわぽわと取り囲んでいるのが、やけに卑猥だ。

魅力的な人妻の排泄口は、ある意味性器以上に禁断の部位である。こんなところを見ていいのかという背徳感にも駆られた。

目がそちらに向いたのは、陰毛がかなり濃かったためもある。恥芯の佇《たたず》まいはほとんどわからず、それがアヌスのほうにも繫がっていたのだ。

清楚な身なりだったぶん、あらわになった秘部の荒々しい眺めが、いっそう淫らに映る。そこからむわむわと漂う酸味の強い秘臭にも、妙にそそられた。

忠雄が手をのばしかけたのは、恥叢《ちそう》をかき分けて、隠れたところの佇まいを確認しようとしたからである。ところが、その前に巨大な丸みが落っこちてくる。

「むううっ!」

柔らかなお肉で顔面を潰され、忠雄は反射的にもがいた。酸素を確保すべく息を吸い込めば、発酵しすぎたヨーグルト臭が鼻奥にまで流れ込み、頭がクラクラする。

「ほら、わたしも気持ちよくしてちょうだい」

大胆にも顔面騎乗で快感を求め、女芯を男の口許《くちもと》にこすりつける人妻。性器の飾らない匂いを嗅がれていることへのためらいなど、微塵もなさそうだ。

忠雄がせがまれるままに舌を出したのは、またも真紀を思い出したからだ。こんなふうに顔に乗られたことはなかったものの、放課後の校内で剝き身のヒップに顔を埋め、舌で奉仕したことが何度かあった。

そのときに嗅いだのは、今よりももっと荒々しい秘臭だった。一日働いたあとの女教師の秘め園は、ヨーロッパあたりのチーズを思わせる、クセのあるかぐわしさをこもらせていたのである。

生徒に慕われる綺麗な先生のアソコが、こんな生々しい匂いをさせているなんて。そう思うだけで、目眩《めまい》を覚えるほどに昂奮《こうふん》したものだ。

今も忠雄は、清楚に見えた人妻の、究極の秘密に劣情を沸き立たせていた。臀部のモチモチ感もたまらなく、もっと重みをかけてもらいたくなる。

では、味はどうかと、舌で秘毛をかき分ける。隠れていた恥割れを探るなり、中から蜜汁がトロリと溢れ出た。

(え、すごい)

男性器を愛撫することで昂り、こんなにも濡らしていたのか。いや、その前から欲望を募らせ、我慢できずに手を出してきたのかもしれない。

あるいは、ここへ来たのはカウンセリングが目的ではなく、最初からこういうことをするつもりだったのではないか。パート先での不満ばかりでなく、肉体の不満も持て余して。

そんな決めつけはカウンセラーとして間違っていると、もちろんわかっている。だが、なじられた上にペニスを弄《もてあそ》ばれ、果ては顔面騎乗までされたのだ。そのぐらいの偏見は許されるであろう。

ラブジュースは温かくて粘っこく、ほのかな塩気があった。それを舌に絡め取り、敏感な肉芽を探って律動させれば、ふっくら臀部にわななきが生じる。

「ああっ、そ、そこぉ」

狙いは間違っていなかったようで、あられもない声がほとばしった。

くねる熟れ尻を両手でがっちりと摑み、忠雄は女芯を吸いねぶった。相談の回答もしないのは詐欺だと罵《ののし》られたときには気分が悪かったものの、愛撫に素直な反応を示してもらえれば、愛《いと》しい気持ちが湧いてくる。

「あ、あ、はああっ、き、気持ちいいっ」

よがり声を耳にすることで、舌づかいにも熱が入る。もっと感じさせるべく、膣《ちつ》にも深く差し入れれば、入り口がキュッとすぼまった。

「ううう、く――――ンふふふぅ」

洩れ聞こえる声が低く、より切なげになる。肉体の奥まったところで感じているふうだ。

(舐《な》められるのが好きみたいだぞ)

何しろ自ら顔に乗り、気持ちよくしてと求めたぐらいなのだ。

女教師の真紀も、男に奉仕されるのが好きだった。初体験のときも、自ら股を開いて女性器の構造をレクチャーしたあと、年下の男に舐めさせたのである。

そのときはシャワーを浴びたあとだったが、職場での淫らな行為では、彼女は洗っていない秘部をためらわずに差し出した。忠雄も生々しいかぐわしさに昂り、嬉々として舐め回したから、持ちつ持たれつだったわけだ。

ともあれ、クンニリングスには慣れていたし、真紀をイカせたこともある。亜由美も頂上へ導くつもりであった。

ぢゅぢゅぢゅぢゅッ――。

派手な音を立てて愛液をすすれば、人妻が「いやぁ」と嘆く。そのくせ、もっとしてとばかりに、艶尻《つやじり》をくねくねさせるのだ。

唾液のまぶされた蜜芯が、猥雑な匂いを放ちだす。それにも劣情を煽られて、熱心にねぶり続けていると、顔に乗ったヒップが少し浮きあがった。

「むふっ」

忠雄は太い鼻息を吹き出した。ペニスが温かく濡れた中に吸い込まれたのである。

（え、まさか？）

疑いようもなく、亜由美が肉棒を口に入れたのだ。

たっぷりと精を放ち、萎えていたはずのそこは、いくらかふくらんでいたらしい。咥《くわ》えられて初めて、忠雄は悟った。

ピチャピチャ……チュウっ。

手コキ同様、人妻は口での奉仕も巧みだった。まだ軟らかな器官を、唾液をたっぷりと溜めた中で泳がせ、舌を絡める。

「むううう」

くすぐったい悦びがふくれ上がり、海綿体が血流を集め出した。

フェラチオはクンニリングスのお返しだったのか。それとも、一緒に舐めあえば気分が高まり、いっそう快いと考えたのか。

どちらにせよ、ここは相互愛撫を続けるべきであろう。忠雄は再びクリトリスに吸いつき、舌を躍らせた。

「むふっ、むむっ」

筒肉を頬張ったまま、亜由美が鼻息をこぼす。陰嚢《いんのう》の縮れ毛がそよがされるのにもゾクゾクし、分身がいっそう勢いづいた。

亜由美は屹立をしゃぶるだけでなく、口許からはみ出した棹を指の輪でこする。さらに、牡の急所も適度な強さで揉み撫でてくれた。

それは夫との営みで学んだテクニックなのだろうか。献身的な愛撫に、忠雄は力を取り戻した。

(うう、たまらない)

完全勃起したことで、ペニスがいっそうの快感にまみれる。くびれの段差を狙う舌の動きもはっきりとわかり、目のくらむ気持ちよさに尻の穴を引き絞った。油断すると、早々に昇りつめそうだったのだ。

ここは何としても、彼女を絶頂させねばならない。攻撃は最大の防御とばかりに奮闘するも、忠雄は次第に劣勢に追い込まれた。

「ん、ん、ん、んふっ」

亜由美が頭を上下させ、すぼめた唇で肉胴をこする。しかも、長い舌をねっとりと巻きつけながら。

忠雄はひとりしか女性を知らなかったし、しかもブランクがあった。やはり経験の差は如何《いかん》ともし難い。

(まずいぞ。このままだと……)

何とか口撃をかわす手はないかと考え、ならばと別のポイントを狙う。恥割れの舌をはずし、すぐ上にあるアヌスを標的にした。

「ンふっ」

毛の生えたツボミをひと舐めされるなり、人妻が熟れ腰をビクンとはずませる。そこもかなり敏感なようだ。

とは言え、快感よりは戸惑いのほうが大きかったらしい。

「ぷは──ちょ、ちょっと、そこは」

肉棒を吐き出し、肉棒の根元を咎めるように強く握る。もちろん、そんなことで中止するつもりはない。

放射状のシワを、忠雄はチロチロと舐めくすぐった。

「あ、ああっ、ば、バカぁ」

亜由美がイヤイヤをするように尻をくねらせる。もはやフェラチオどころではなくなったようだ。

アナル舐めは初めてではない。真紀に求められたのである。クンニリングスほどの快感は得られなくても、年下の男の舌を肛門に這わされて、女教師は背徳的な昂りを得ているようだった。

もっとも、亜由美はそこまで享楽主義ではないらしい。

「ダメよ、そこは……き、キタナイのに」

特に匂いも付着物もなかったのに、排泄口ゆえに抵抗感が大きいと見える。

それでいて、秘肛はヒクヒクと物欲しげに収縮する。くすぐったいだけなのかもしれないが、もっと舐めてとせがんでいるかにも感じられた。

だからこそ、しつこくねぶり続けたのである。

「もう……カウンセラーのくせに、こんなにヘンタイだとは思わなかったわ」

侮蔑《ぶべつ》の言葉を口にして、亜由美は腰を完全に浮かせてしまった。これ以上舐められてはたまらないと思ったようだ。

おかげで、忠雄はイカされずに済んだ。

「ほら、起きて」

ソファーから降りた亜由美に、手を引っ張られて起き上がる。ひょっとしてこれで終わりなのかと危ぶめば、代わって彼女が横になった。

「クンニはもういいから、オチンチンで気持ちよくしてちょうだい」

両膝を立てて大きく開き、女芯をあらわにする。クンニリングスの名残で、濡れた陰毛がべっとりと張りつき、くすんだ色合いの花びらが覗いていた。

卑猥すぎる光景に、心臓が音高く打ち鳴らされる。しゃぶられたあとのイチモツが、ビクンとしゃくり上げた。

(おれ、谷村さんとセックスするんだ)

いよいよふたり目と体験できるのだ。

相談者と肉体関係を結ぶなんて、カウンセラーにあるまじき行為である。そんなことは重々承知ながら、降って湧いた機会を棒に振れるほど、忠雄は人間ができていなかった。開業するには、まだ若かったのかもしれない。

だが、こうして経験を積むことで、カウンセラーとしても成長できるはず。これは神様が与えてくださったご褒美なのだと、信心深くもないくせに全知全能の存在に感謝を捧げ、忠雄は成熟した女体に身を重ねた。

「ここよ」

反り返る筒肉を握り、亜由美が導いてくれる。相手が年下だから、リードしなければという心づもりになったのか。

忠雄には、そのほうが有り難かった。真紀を相手に快楽を貪ったとは言え、校内での変則的なプレイが主だったから、正常位はあまりしたことがないのである。導いてもらわないと、挿入にもまごついたであろう。

肉槍の穂先を恥割れにこすりつけ、亜由美がしっかりと馴染ませてくれる。至れり尽くせりで、忠雄は不安を抱かずに済んだ。

「さ、来て」

声をかけられてうなずくと、肉胴に絡めた指がはずされる。

「い、挿れます」

童貞みたいに声を震わせて告げ、忠雄はゆっくりと腰を沈めた。

人妻の秘園は入り口が狭く、はじき返される感じがあった。それでも、少しずつ力を加えるようにして進むと、その部分が徐々に広がる。

「あ、あ――」

亜由美が悩ましげに眉根を寄せ、忠雄の二の腕に両手で摑まった。

ぬるん――。

不意に抵抗がなくなり、分身が温かな淵に呑み込まれる。

「ああーん」

艶を帯びた声が放たれ、かぐわしい息が顔にふわっとかかる。そのときには、ペニス全体が快い締めつけを浴びていた。

（ああ、入った）

柔らかな美肉がまといつく。しっとりと包み込まれる感触がたまらない。

「あうう、い、いっぱい」

迎え入れたモノの存在を確かめるように、膣がキュッキュッとすぼまる。それもまた、忠雄に切ないまでの悦びを与えてくれた。

「た、谷村さん」

「ねえ、突いて」

亜由美が両脚を掲げ、牡腰に絡みつける。鞭《むち》を入れられた競走馬さながらに、忠雄は最初から気ぜわしいピストンで駆け出した。

「あ、あ、あ、いい、感じるぅ」

人妻の美貌が淫蕩《いんとう》に歪む。夫ではない男の性器で貫かれ、熟れたボディを歓喜にひたらせている。

(まったく、いやらしい奥さんだ)

そんな彼女に、カウンセラーとしての資質があるのかと疑われたことも思い出す。下に見られた悔しさのお返しをするべく、忠雄は女体を責め苛《さいな》んだ。奥の熱く蕩けたところへ、張りつめた亀頭をもぐり込ませる。

「ああ、あ、それ好きぃ。もっと奥を突いてぇ」

ここぞとばかりにはしたなくよがる人妻は、やはり欲求不満だったのではなかろうか。夫との営みから遠ざかり、さらに職場の人間関係でもストレスを溜め、いよいよ持って行き場がなくなって、ここまで来たのかもしれない。

だとすれば、セックスこそが悩みを解消する方法と言える。

（そうさ……これだって立派なカウンセリングだ）

都合のいい解釈で自らを納得させ、真上から叩き込むように股間をぶつける。

「おう、おおぅ」

亜由美が低い声で喘ぎ、総身を震わせた。

「ううう、か、硬いオチンチン、いいのぉ」

四十歳だという夫のイチモツは、彼女が期待するほどには元気にならないのではないか。

一方、忠雄はまだ二十代だし、朝勃ちを持て余してオナニーをするほどなのだ。一度射精したあとでも勢いは衰えておらず、むしろ久しぶりのセックスに酔いしれて、ギンギンに猛《たけ》っていた。

それを長いストロークで出し挿れすれば、蜜穴が粘っこい音を立てる。

「いい、いいの、気持ちいい……もっとぉ」

貪欲に快楽を求める年上の女のために、忠雄は腰振りに工夫を凝らした。浅くて高速の抽送と、深く穿《うが》つ動作を交互に繰り出す。角度も少し変えて、恥丘側の壁を突くようにした。

これもまた、真紀に仕込まれたテクニックであった。

「あひっ、ひッ、こ、こんなの初めてぇ」

亜由美が目尻に涙を滲《にじ》ませ、息づかいをはずませる。変化をつけた攻撃がお気に召したようだ。

(涼本先生のおかげだな)

まさにセックスの恩師だと、仰《あお》げば尊《とうと》しでも歌いたくなる。

さっきはフェラチオで危うくなりかけたが、亜由美を感じさせることに意識を集中させたおかげか、忠雄は余裕を取り戻した。居心地のいい蜜穴内部の佇まいを味わいながら、強ばりきった分身を休みなく働かせる。

それでも、さすがに我慢の限界が迫ったとき、

「ああ、いい、イキそう」

人妻も頂上を捉えた。

「私も、もうすぐです」

「うん……いっしょにイッって。中に出して」

育ちの良さそうだった面差しがだらしなく緩み、トロンとした目で淫らなおねだりを口にする。

「いいんですか？」

「あったかいのがほしいの。ね、奥に注ぎ込んで」

そこまで言われれば、拒む道理はない。忠雄は「わかりました」と返事をし、最終楽章に向けて指揮棒ならぬ肉棒を振り立てた。

「あああ、いいっ、イキそう、イクッ、イクぅ」

亜由美があられもなく乱れ、背中を弓なりに浮かせる。内部がキツく締まり、それによって忠雄も限界を迎えた。

「おおお、お、奥さんっ」

「イクイクイク、く――――うふぅうううううっ！」

暴れ馬のごとくバウンドする女体をどうにか乗りこなし、愉悦の極みで激情の樹液を放つ。

「あ、あ、来てるぅ」

ザーメンを浴びて、人妻は駄目押しの快感を得たようだ。半裸のボディをヒクヒクと波打たせたのち、ぐったりと脱力した。

ふたりで身を重ね、悦楽の余韻にひたっていると、

「……わたし、先生に相談してよかったわ」

亜由美がぽつりと言う。

「え、そうですか？」

何もアドバイスをしていないのに。怪訝に思って問うと、可愛い目が色っぽく細まった。

「ええ。ストレスがどこかに行って、とてもスッキリしました」

身も心もセックスで癒やされて、自分で解決する力が湧いたのだろうか。まあ、こういうのも有りかと、忠雄は胸の内でうなずいた。

第二章　違う男とシテみたい

1

相談者と不適切な関係を持ったことに、忠雄はあとになってさすがに反省した。神聖な職場たるカウンセリングルームで行為に及んだばかりか、相手は人妻だったのである。

いや、この際女性の素性は問うまい。カウンセラーとしての職務を果たさず、肉欲に流されたことが問題なのだ。

とは言え、彼女——亜由美が忠雄の「カウンセリング」に満足して帰ったのも、偽らざる事実である。

そもそもカウンセリングは、相談者本人が解決方法を見出すことに重きが置かれる。

カウンセラーはそれを導くための助けを担うのだ。

そういう意味では、亜由美は自らの行動で心の平安を得たのであり、カウンセリングは成功したとも言える。正確には、カウンセリングで性交したのだが。

怪我の功名という誇りは免れずとも、そもそも今回の件は密室の行為であり、当事者以外に知られる心配はない。不貞を行なったなどと都合の悪い事実を、人妻が自らバラすはずがないからだ。

よって、忠雄もあったことを胸にしまい、仕事を続けることにした。

かように反省の気持ちを抱く一方で、忠雄は期待もしていた。すなわち、亜由美がまたストレス解消のため、淫らなカウンセリングを受けに来院することを。

すでに一週間が過ぎたが、今のところ彼女の予約は入っていない。本当にスッキリして再来する必要がなくなったのか。それとも、夫への罪悪感があって、二度とするまいと誓ったのか。

どちらにせよ、人妻との情事は諦めるしかなさそうだ。

となれば、恋人のいない忠雄が、欲望を解消するためにできることはただひとつ、オナニーである。

幸いなことに、絶好のオカズがある。カウンセリングの様子を撮影したビデオだ。

あとで必要に応じて、相談者の発言や話す様子をチェックするため、三人掛けソファーの付近を映したものだ。撮影については、事前に了承も得ている。

亜由美はそのことを忘れていたのか、カウンセリングのあとはもちろん、今に至るまで何も言ってこない。それを幸いと、行為に及んだ場面を見返して自らをしごいた。

定点カメラだから、肝腎なところはほとんど見えない。それでも、煽情的なよがり声はしっかり記録されているし、何よりも自身の体験なのである。そのときのことが鮮明に思い出されて、昂奮もうなぎ登りであった。

かくして、充実した自慰ライフを送れていたものの、そんなことに甘んじているわけにはいかない。クリニックの経営も順調とは言えず、カウンセラーとして信頼されるよう、世間の評価を高める必要があった。

とにかくこれからは、臨床心理士として恥ずかしくない行動をしよう。気持ちを新たにした忠雄であったが、今朝も淫夢を見たせいで、朝勃ちのムスコはいつも以上にギンギンであった。

（くそ、もうちょっとだったのに……）

悔しさを噛《か》み締めたのは、フィニッシュ前に目が覚めたからである。

夢の中に登場したのは、初体験の相手である真紀と、人妻の亜由美だった。ふたりの年上女性から同時に責められるという至福のひとときを、セルフ仮想現実で過ごしたのである。

実際に交わった相手だから、夢とは思えないほどにリアルで、快感も著しかった。すぐに発射してもおかしくなかったのに、なぜだか結託したふたりから徹底的に焦《じ》らされたため、狂おしいまでの悦びに長くひたったのだ。

そのため、夢から醒《さ》めたときのショックは大きかった。

昨夜はちゃんと奥の部屋で寝たので、猛るイチモツをしごいてザーメンをほとばしらせることもできた。けれど、あまりにいい夢だったぶん、オナニーで昇りつめるなんて虚《むな》しすぎた。

そこで、シャワーを浴びてさっぱりすることにしたのである。多量に溢れたカウパー腺液で裏地がベトベトだったので、ブリーフも穿き替えた。

かくして、気持ちを新たにした彼のところへやって来たのは、二十九歳の女性であった。

「予約しました相田《あいだ》です」

亜由美とは違い、時間ぴったりにやって来た彼女を、カウンセリングルームに招き入れる。

「では、こちらへどうぞ」

ソファーに坐ってもらい、いつものごとく予診票に記入してもらった。

フルネームは相田桃果《ももか》。職業は家事手伝いとのこと。

「お仕事はされていないんですか？」

忠雄が訊ねると、彼女は「ええ、今は」と答えた。

「今はというと、以前はされていたんですか？」

「はい。結婚するので退職しました」

「なるほど」

チラッと左手を確認すれば、薬指に宝石の光る指輪があった。エンゲージリングらしい。

「お式はいつなんですか？」

「来月です」

「もうすぐですね。おめでとうございます」

「……ありがとうございます」

忠雄は（おや？）と思った。お祝いを述べるなり、桃果の表情が翳《かげ》ったように見えたのだ。

（ひょっとして、望まない相手と結婚させられるのか？）

親から見合いを強制され、好きでもない男と家庭を持つことになったのだとか。仕事だって、本当は続けたかったのかもしれない。

などと想像したものの、あくまでも臆測だ。そもそも、今どきそんな前時代的なことがあるとも思えない。

そういうことではなく、単に結婚生活への不安があるだけなのだろう。カウンセリングに訪れた目的も、そのことについてではないのか。

とりあえずビデオ撮影についても説明し、サインをしてもらう。そのときに、また淫らな展開になったら新たなオカズが手に入るなと考えたのは、結婚を来月に控えた三十路前の女性が、好みのタイプだったためもあった。

初恋の相手もそうだったが、忠雄は丸顔で可愛い感じの女の子が好きだった。ついでに、からだつきもむっちりだったら言うこと無しだ。

桃果がまさにそういう女性だった。

愛嬌のあるタヌキ顔は、実年齢よりも四つ五つは若く見える。ジーンズに半袖のサマーニットというシンプルな装いは、小柄にもかかわらず太腿がパツパツだ。二の腕もいい具合に脂《あぶら》がのっていた。

結婚して人妻になったら色気が増して、いっそう魅力的になるのではないか。そのときにまた来てくれないかなと、欲望本位なことを考えた自分に、忠雄はさすがにあきれた。

（おい、仕事中だぞ）

朝の淫夢が、まだ尾を引いているというのか。しっかりしろと自らを叱りつけ、頭の中から邪念を追い払う。

「では、お話しする準備が整いましたら、始めてください」

「はい」

うなずいた桃果であったが、迷うように視線を天井に向ける。そのせいで、同じくすぐに話を始めなかった、亜由美のことを思い出した。

（この人も、隣に坐ってくれって言うのかな？）

密かに期待したものの、そうはならなかった。

「実は、結婚についてなんですけど」

少し間を置いて、桃果が口を開く。やはりそのことかと、忠雄はうなずいた。

「わたしはもともと、三十歳になるまでに結婚したかったんです。式の日取りが決まって、準備も滞りなく進んで、今はその日を待っているような状況なんですけど、日に日にモヤモヤした思いが大きくなってきたんです」

要はマリッジブルーなのだと、忠雄は単純に解釈した。

結婚は幸福のゴールであると同時に、スタートでもある。生活にも多大な変化をもたらす。

変化は多かれ少なかれストレスを伴う。新しい生活に不安を抱き、抑鬱状態に陥《おちい》るのも無理はない。

と、そのぐらいのことは、独身で彼女のいない忠雄にも理解できる。

(要は、何に対して不安を抱いているのかってことなんだよな)

新しい住居にか。それとも、夫の家族と同居することになっており、それが不満なのか。または、夫となる男への愛情が冷めている可能性もある。

「よろしかったら、ご結婚相手との馴《な》れ初《そ》めを教えていただけませんか？」

こちらから話題を提供したのは、桃果が話しやすいよう配慮したのと、彼女の胸の内を探るためであった。

「馴れ初めってほどのものはないんですけど」

前置きに続いて述べられたのは、なるほど、特にドラマチックとは言い難い出会いと交際の日々であった。

中学高校と私立の女子校で過ごした桃果は、大学で初めて彼氏ができた。同じサークルの一年先輩で、それが今の婚約者だ。

卒業後は就職先が別々であったが、ふたりは別れることなく付き合い続け、一年ほど同棲した期間もあったそうだ。喧嘩をすることもなく良好な関係を続け、交際十年という節目で、晴れて結婚することになったという。

「もう、お互いに、いずれいっしょになるんだろうなっていう気持ちで付き合ってきたので、結婚が決まっても、そんなに感動もなかったんです。もちろん、うれしいのは間違いないんですけど」

惰性で結婚することに迷いがあるのかと思ったが、そういうわけではないらしい。

「だって、わたしはカレを愛してますから。好みや価値観もぴったりで、他に相応《ふさわ》しい男性がいるとも思えません。夫婦としてふたりだけの生活が始まるのも、やっぱり同棲とは違いますし、けっこう楽しみでワクワクしてるんです」

桃果が心境を述べる。結婚相手に不満があるわけではないのだ。

「そうすると、モヤモヤするというのは、何に対してなんですか？」

問いかけに、彼女は口をつぐんだ。新郎の親と同居するわけでもなさそうだし、結婚生活に漠然とした不安があるのだろうか。

しばらく待っていると、桃果が小さなため息をつく。

「……たぶん、わたし自身にモヤモヤしてるんです」

「相田さんご自身に？」

「はい」

「まだ結婚したくないお気持ちがあるんですか？」

「そうじゃなくて――」

すでに答えは出ているのだと、表情から窺えた。ただ、それをこの場で打ち明けることにためらっているのだろう。

不安や不満の理由が明らかなのなら、無理に話をさせる必要はない。おそらく、どう対処すべきなのかもわかっているのだ。

ならば、カウンセラーとしては、後押しをしてあげればいい。

「自分が何をしたいのか、もうわかってるんですよね？」

問いかけに、桃果が肩をピクッと震わせる。うろたえるように目を泳がせたから、やはりそうなのだ。

「だったら、あとは実行するだけだと思いますよ。もちろん、何もしないという選択肢もあります。それを決めるのは相田さんご自身ですし、誰もとやかく言うことはできません」

「……いいんですか？　わたしが決めて」

「もちろんです。これは相田さんの人生なんですから」

彼女の表情から迷いが消える。まさに天啓を得たというふうな、晴れ晴れとした面差しを見せた。

（よし、うまくいったぞ）

カウンセリングで、相談者にここまでの変化が見られたのは初めてだった。手応えを感じたため、忠雄の口もなめらかになる。

「やるかやらないかで迷ったときは、どっちを選んでも後悔することになるでしょう。でも、やらずに後悔するよりは、たとえ失敗しても、やって後悔するほうがすっきりするなんて話も聞きます。少なくとも、結果を知ることができるんですから」

などと、格言じみたことを述べるほどに。

「そうですよね……はい、わかりました」

うなずいた桃果が笑顔を見せる。童顔がいっそうあどけなく感じられ、忠雄はときめいた。

ところが、

「わたし、ずっと迷ってたんです。他の男性を知らないまま結婚していいのかって」

身を乗り出しての唐突な告白に、忠雄は戸惑った。

「え、他の男性？」

「キスもセックスも、カレとしたのが初めてで、それはもちろんかまわないんですけど、他の男性とのそういう行為が、一度もないんです。そう考えたら、なんだか人生を損してる気がしてきて」

男が多くの女性を知りたいと願うのは、忠雄も男だから理解できる。しかし、女性にもそういう願望があるとは思わなかった。

もっとも、桃果は多くの男と関係を持ちたいわけではないらしい。

「セックスは好きな人とするのが一番気持ちいいんだって、もちろん知ってます。それに、カレはわたしの感じるところを全部知ってますから、とても満足してるんです」

露骨な告白に、忠雄は赤面した。

「だけど、他の男の人としたらどんな感じなんだろうって、興味もあるんです。ほら、美味《おい》しいお店を知っていても、たまには違うところを試してみたくなるじゃないですか。そんな感じで」

あくまでも好奇心から、別の男とセックスをしてみたいらしい。それも、結婚する前に。

「結婚したら、他の男性とそういうことをするのは浮気になっちゃいますから、絶対にダメじゃないですか。でも、今ならまだ許されますよね」

理屈としてはそうかもしれないが、すでに決まった相手がいるのに別の男と関係を結べば、やはり浮気になるのではないか。思ったものの、

「まあ、そうでしょうね」

忠雄が同意してしまったのは、桃果がノリノリで、とても否定できない雰囲気だったからである。ところが、そのせいで彼女を調子づかせることになった。

「先生にお許しをもらえて安心しました。それじゃ、よろしくお願いします」

言うなり、桃果が立ちあがる。「んしょっ」と声を出してサマーニットをたくし上げ、ためらうことなく頭から抜いた。

（え、何を――）

啞然とする忠雄の目の前で、彼女はジーンズも脱ぎおろした。

上下とも白のインナーが申し訳程度に隠すのは、小柄ながらムチムチで、肉づきのいいボディ。こんな感じの、ロリフェイスでグラマスなグラビアアイドルがいたなと、どうでもいいことを考えたのは、毒気に当てられていたからだ。

「それじゃ、よろしくお願いします」

下着姿の女性から声をかけられ、忠雄はようやく我に返った。

「え、よろしくって？」

目をしばたたかせると、桃果が眉をひそめる。

「先生は、わたしとしてくださるんですよね」

この状況で何をするのかなんて、いちいち確認するまでもない。

彼女の主張に、消極的ながら賛成したのは事実である。だが、その相手をするなんて言った覚えはなかった。

（いや、いつそんな話になったんだ？）

とにかく婚約者以外の男と体験したいと、気が逸《はや》っていたのだろう。そのため、忠雄に賛同されたのを、行為の相手をしてくれるのだと早合点したのではないか。

桃果に魅力を感じていたのは確かである。その彼女と抱き合えるチャンスが訪れたのであり、喜んで然るべき状況だ。

なのに、手放しで受け入れられなかったのは、展開があまりに急だったからである。

「だけど、どうして私なんですか？」

問いかけると、桃果が怪訝な面持ちを見せる。

「え、ダメなんですか？」

真っ直ぐな問い返しに、忠雄は言葉を失った。

2

「カウンセリングって、どんな相談でも受け入れてもらえるんですよね？　こちらのサイトにも、そう書いてありましたけど」

予約を受けつけるため、SNSは早くからやっていた。加えて、クリニックの情報を詳しく発信したほうがいいと、ホームページも立ち上げたのである。亜由美とああいうことがあったあとに。

そこには確かに、相談内容に制限はないと明記した。けれど、それはあくまでもカウンセリングであって、肉体的な奉仕は含まれていない。

（てことは、最初からおれとセックスするつもりで、ここへ来たっていうのか？）

セックスの相手を探す中でこのクリニックを見つけ、カウンセラーなら都合がいいと思ったのではないか。秘密厳守だし、もとが他人だから後腐れもないと。

本来なら知り合いの男に頼むべきだと思うのだが、それだと再び関係を迫られる可能性もある。また、婚約者にバレないとも限らない。

そう考えて、忠雄に白羽の矢を立てたのだろうか。ホームページに掲載した顔写真は、我ながら人畜無害そうだったし、この男なら安心できると。

「それに、ちゃんとベッドも用意してあるじゃないですか」

桃果がカウンセリングルームの壁際に置いたベッドを指差す。一般的な診療台とは異なる趣のそれを、男女がまぐわうためのものだと思っているらしい。

「いや、あれはカウンセリング用で――」

「だから、わたしにもカウンセリングをお願いします」

診療項目に性行為があると決めつけているのか。

しかしながら、そこまで非常識な人には見えない。どうあっても他の男を知りたいがために、無知なフリを装って押し切ろうとしていると見える。

これでは、何を言っても引き下がらないであろう。

(ええい、だったらいいか)

亜由美とセックスしたあとで反省したはずが、またも流される忠雄である。そもそも下着姿の魅力的な女性を、無下に撥ねつけるなんてできるはずがない。

「わかりました……」

了承すると、桃果が嬉しそうに頬を緩める。愛らしい笑顔に、わずかに残っていたためらいが雲散霧消した。

「それじゃ、お願いします」

彼女はベッドのほうへ行くと、ひょいと飛び乗った。そこでするものと決めてしまったようである。

(ああ、そっちだとカメラに映らないのに)

これではオカズが手に入らない。だからと言って、ソファーでしようなんて提案したら、意図を見抜かれる。

あるいは撮影されると知って、場所を移したのか。もっとも、早くしたくて気が急いているかに見えるし、そこまで考えてはいないだろう。

「先生も脱いでください」

言われて、忠雄も立ちあがり、シャツのボタンをはずした。

すでに桃果が肌を晒《さら》しているから、不思議と恥ずかしさはなかった。むしろ、脱ぐことで昂りがこみ上げる。ようやく気持ちが状況に追いついて、その気になってきたようだ。

どうせ全裸になるのだからと、ブリーフ一枚になってベッドへ進む。すると、彼女がまじまじと見つめてきた。

「ふうん」

感心した面持ちでうなずかれ、頬が熱くなる。婚約者の体格と比べているのだろうか。

「ここに寝てください」

桃果が場所を空けたので、忠雄はベッドに身を横たえた。ドクターの診察を待つ、患者のような心持ちで。

いや、いっそ解剖される献体だろうか。

(この様子だと、隅々まで観察されちゃいそうだぞ)

こちらを見おろす童顔は、好奇心旺盛な少女みたいだ。おかげであやしい気分にひたり、海綿体が血液を集める。

わずか一歳違いとは言え、実年齢は忠雄のほうが下なのである。なのに、少しもそんな気がしない。

女教師の真紀も、人妻の亜由美も、いかにも年上という態度で接してきた。それと比較するものだから余計に、桃果が幼く感じられるのだろうか。

「うひッ」

思わず声を上げてしまったのは、彼女がいきなり触れてきたからだ。それも、男の乳首に。

「ふふ、可愛い」

口許をほころばせ、小さな突起を指先でくりくりと悪戯《いたずら》する。まさかいきなりそこをターゲットにされるとは想定外で、忠雄は肩をすぼめて身をくねらせた。

「ちょ、ちょっと……あうう」

堪えようもなく息がはずむ。

「気持ちいいんですか？」

桃果が悪戯っぽく目を細める。忠雄にとっては初めて接するタイプの女性で、まさに小悪魔だと思った。

「じゃあ、もっとよくしてあげますね」

そう言って、彼女が顔を伏せる。たった今触れていたところに口をつけ、チュッと吸った。

「おおっ」

忠雄は背中を浮かせ、上半身を弓なりにした。くすぐったい快さが、体幹を駆け抜けたのだ。

さらに、舌をチロチロと動かされ、鋭い快美に目がくらむ。

(そんな……どうして――)

男には無用の長物でしかない乳頭が、こんなにも感じるのだと初めて知った。年下の男を好きに弄んだ真紀ですら、そこには触れることすらなかったのである。

ということは、桃果は婚約者である彼氏との行為でも、普通に乳首を愛撫しているのだろうか。

(人は見かけによらないものだな)

好奇心が旺盛なのは確かでも、ここまで奔放で大胆だとは思わなかった。

舌ではじかれる感覚から、乳首が硬く尖っているのがわかる。それにより、悦びも増してきたようだ。

「もうタッちゃった」

唇をはずし、桃果が楽しげに報告する。突き立った牡の乳頭を、指で摘まんで転がした。

そして、もう一方にも吸いつく。

「う、あ、あう」

両乳首を責められることで、快感が倍以上にふくれあがる。股間もムズムズして、膨張したシンボルがブリーフの前を突っ張らせる感覚があった。

乳首を愛撫していた指がはずされる。その手が下半身に向かう気配があった。

「むふっ」

忠雄は太い鼻息をこぼした。ブリーフ越しにペニスを握られたのである。

「え、すごい」

桃果が顔をあげ、目を丸くする。身を起こして坐り直すと、手にした高まりに視線を向けた。

「もう大きくなってたんですね」

握り手に強弱をつけ、漲《みなぎ》り具合を確認する。布を介しても柔らかな指は快くて、牡器官は限界まで充血した。

「あん、すごく硬い」

あどけなく見えた面立ちが、やけに色っぽく変化する。三十路前の成熟した女性なのだと、意識せずにいられない。

実際、愛撫の手つきも慣れたものだった。

「見せてくださいね」

最後の一枚に手をかけられ、忠雄は無言でうなずいた。直に握ってもらいたくて、たまらなくなっていたのだ。

ブリーフを脱がされるとき、ゴムが亀頭に引っかかる。起こされて勢いよく反り返った肉棒が、下腹をぺちんと叩いた。

(うう、見られた)

いきり立つシンボルに、桃果の目が注がれる。唯一知っている婚約者のモノと、当然ながら比較しているのだろう。

どんな感想を抱いたのか気になるものの、正直聞きたくはない。お粗末だと蔑《さげす》まれているかもしれないからだ。

一糸まとわぬ姿にされた忠雄は、羞恥に身を縮めた。桃果も早く脱いでくれないかと願っていると、

「脚を開いてください」

求められて、渋々と応じる。何をされるのかと、考えるゆとりもなかった。

彼女は開かれた下肢のあいだに膝を進めると、怒張した牡器官に真上から顔を寄せた。根元を握って上向かせて、まじまじと観察する。

「くうう」

手指のしなやかさをダイレクトに感じて、呻きがこぼれる。快さに身をくねらせた

とき、桃果が小鼻をふくらませた。特に表情を変えなかったのは、匂いがほとんどしなかったからであろう。

朝、シャワーを浴びてよかったと、忠雄は安堵した。蒸れた男くささまで嗅がれては居たたまれない。

「けっこう綺麗ですね」

感心した口振りで言われ、忠雄は思わず顔をしかめた。

「え、綺麗？」

「アタマのところ、ツヤツヤしてシミもないし、エッチなピンク色ですよ」

まさかそんな批評をされるとは思わなかった。褒めているつもりなのかもしれないが、経験の少なさを指摘された気がして肩身が狭い。

ただ、気に入ってくれたのは確からしい。

「それに、とっても美味しそう」

つぶやくように言い、桃果が亀頭をペロリと舐める。

「むはっ」

不意を衝《つ》かれ、忠雄は腰をガクンと跳ね上げた。

「乳首もそうでしたけど、けっこう敏感なんですね」

もしかしたら彼女は、こちらの経験の浅さを見抜いているのではないか。そんな思いにも囚《とら》われ、情けなくなる。

もっとも、嘲《あざけ》るつもりはないようだ。桃果は再び舌を出すと、屹立の根元から尖端に向かって舐めあげた。下から上へ、何度も繰り返す。

「うあ、あ、ううう」

ゾクッとする悦びが体幹を伝う。すぐに昇りつめたくなる気持ちよさではなく、むしろ焦らされているようであった。

さらに、くびれの段差もチロチロとくすぐられる。敏感なところを執拗に刺激され、分身が雄々しくしゃくり上げた。

(ああ、こんなのって……)

尿道が熱い。鈴口に丸く溜まった先走りが、間もなくトロリと滴《したた》った。

それが舌で絡め取られ、筒肉にまぶされる。全体が唾液で濡らされ、生々しい色合いにテカったところで、唇がOの字に開かれた。

「あ、あ、相田さん」

声をかけたのは、そこまでしていいのかと思ったからだ。けれど、彼女は上目づかいでこちらをチラッと見ただけで、躊躇なく牡根を頬張った。

チュパッ――。

ふくらみきった頭部を吸いたて、舌を回す。

「ああ、ああ」

味わうようなフェラチオに、忠雄は馬鹿みたいに声を上げた。口に入ったところから、ペニスが溶け落ちるのではないかと思えるほどに気持ちよかったのだ。

おまけに、玉袋も優しくモミモミされる。

（うわ……よすぎる）

忠雄は尻の穴を引き絞り、奥歯を噛み締めた。油断したら、すぐにでも達してしまいそうだったのだ。

こんなことになるのなら、朝のうちにオナニーをしておけばよかったと後悔する。夢精しそうなほど高まっていたというのに。

おかげで、体のあちこちが、ピクッ、ビクンと反応する。

「ンふ」

かなり感じているのが、桃果にもわかったのだろう。目を淫蕩に細め、ここぞとばかりにねちっこくねぶる。それも、敏感なくびれを狙って。

「あ、あ、駄目」

顔を歪め、腰をよじっても、甘美な責め苦は続く。いよいよどうしようもなくなって、忠雄は降参した。

「そんなにしたら、もう、出ちゃいます」

だらしないとわかりつつ、窮状を訴える。すると、彼女が口をはずしてくれた。

「え、もうですか？」

あきれた顔を見せつつも、どこか嬉しそうだ。

「いや……相田さんが、とても上手だから」

手柄《てがら》を譲ることで、自身の未熟さを包み隠す。

「先生って、まだ二十代ですよね？」

「え？　ああ、いちおう」

「だったら、一度出してもおしまいにはならないですよね」

「たぶん……」

「いいですよ。わたしの口に出してください」

これには、忠雄は戸惑わずにいられなかった。

「え、口に？」

「わたし、精子を飲んでみたかったんです。彼は絶対に飲ませてくれなかったから」

長い付き合いの婚約者が、どうして拒むのかなんてわからない。これだけ巧みなのだし、フェラチオは普通にしているのだろう。なのに、精液まで飲ませるのは抵抗があるということなのか。

ところが、桃果のほうは飲みたいようだ。やはり好奇心が旺盛と見える。

「じゃ、いっぱい出してくださいね」

こちらの了解を待つことなく、彼女が再び漲り棒を含む。頭を上下させ、すぼめた唇で肉胴を摩擦した。もちろん、舌を使うことも忘れない。

忠雄とて、会ったばかりの女性の口内にザーメンを放つのは、申し訳ない気持ちが強かった。けれど、熱心に吸茎され、ためらいが快感で押し流される。

(――相田さんが飲みたいって言ってるんだ)

相談者の要望に応えるのがカウンセラーの役目なのだと、自らに言い聞かせる。無論、この場に都合のいい解釈をしただけであった。

悦楽の流れに身を任せると、一分も経たずに頂上が迫ってくる。

「あ、も、もうすぐです」

腹部をヒクヒクと波打たせながら告げると、頭の上下運動が速まる。唇の締めつけも強まり、思い出したように陰嚢も揉み撫でられた。

それにより、忍耐が四散する。

「ああ、あ、いく、出ます」

ハッハッと呼吸を荒ぶらせ、歓喜の波に身を投じる。全身に潮が満ちたあと、一気にはじけた。

びゅるんっ――。

熱い固まりが尿道を駆け抜ける。全身がバラバラになりそうな快感を伴って。

「んぅ」

その瞬間、怯んだように身を強ばらせた桃果であったが、すぐさま吸引を再開させる。しかも肉根が脈打ち、精液がほとばしるのに合わせて、強く吸ってくれたのだ。

おかげで、目のくらむ快さが手足の先まで行き渡る。

「うあ、あ、あああああ」

忠雄はのけ反って総身を震わせ、ありったけの欲望を放った。かつてない強烈な射精感を味わいながら。

(すごすぎる……)

それは恐怖と紙一重のオルガスムスであった。

嵐が過ぎ去り、ベッドに深く身を沈める。桃果がしつこく舌を動かし続けたため、過敏になった亀頭粘膜がくすぐったくてたまらない。

「も、もういいです。全部出ました」

喉をゼイゼイと鳴らしながら身をよじると、ようやく口がはずされた。

「ふう」

ひと仕事終えたふうに、彼女が息をつく。すぐに唇を開いたから。出る端から喉に流し込んでいたらしい。

それでも、まだ口の中に粘つきが残っていたようで、何度か唾《つば》を呑み込んだ。わずかに眉をひそめて。

「……こんな味なんですね」

感想とも言えないものを口にして、ひとりうなずく。期待したほど美味ではなかったのだろう。

だが、目的を果たして、とりあえず満足したようだ。

忠雄のほうは、気怠い余韻を持て余し、天井を見あげて胸を大きく上下させた。続けて二度もできるかなと、ちょっぴり心配しながら。

3

お返しにクンニリングスを申し出ると、なぜだか桃果は拒んだ。

「ダメです。そんなことをしてもらうわけにはいきません」

忠雄は困惑した。頼みもしないのにフェラチオをしたぐらいだから、てっきりオーラルセックスが好きなのかと思ったのに。

「でも、舐めれば昂奮して、ここがまた大きくなるはずなんですけど」

多量に発射して縮こまったペニスを指差して告げると、彼女は渋い顔を見せた。目的はセックスをすることなのであり、それには再勃起が不可欠だとわかっているのだろう。

「わかりました……それじゃあ、シャワーを貸してください」

言われて、そういうことかと忠雄は理解した。洗っていない秘部に口をつけられるのが嫌なのだと。やはり匂いや汚れが気になるのではないか。

できれば有りのままの秘臭を嗅ぎ、どんな味なのかも知りたい。しかし、そんな願望を口にしたら、変態扱いされるだろう。だったらセックスをしなくてもいいと、逃げられるかもしれない。

ここは意に沿うしかないと判断し、忠雄は素っ裸のまま、桃果を奥に案内した。

脱衣場は洗面所も兼ねており、かつては白衣やタオル、リネンやらを洗っていた洗濯機もある。わりあいにゆったりしたスペースだ。

桃果はそこで下着を脱ぎ、一糸まとわぬ姿になった。ヴィーナスの丘に逆立つ、黒い恥叢を隠すこともせず。

（うう、色っぽい）

背は低くても、いかにも抱き心地のよさそうな、ふくふくした女体。淡いワイン色の乳頭はけっこう大きめで、股間のシンボルがピクリと反応する。

一刻も早く抱きしめたくなって、忠雄は不意に閃《ひらめ》いた。ふたりでシャワーを浴びて、洗いっこをすればいいのだと。

「ちょっと狭いんですけど」

折り戸を開けて、奥のシャワースペースに彼女を招く。本当に、ただシャワーを浴びるための場所だから、ふたりで入ったらますます手狭である。

なのに、忠雄も入ったものだから、桃果は怪訝な面持ちを見せた。

「え、先生はどうして？」

「私が洗ってあげます」

拒まれる前に、シャワーノズルを手にしてカランをひねる。そのぐらいならかまわないと思ったか、彼女は何も言わなかった。

向かい合うと、桃果の頭は顎ぐらいの位置だった。いたいけな女の子と許されない行為に及ぶようで、妙にゾクゾクする。密室で濃厚になった甘ったるいかぐわしさにも、劣情が高まった。

(ああ、いい匂いだ)

洗い流すのがもったいない。せめてその前にと、悟られないように漂うものを深々と吸い込んだ。

内心の昂りを包み隠し、髪にかからないよう、お湯を肩から流す。濡れた肌を撫でてあげると、あどけない面立ちに陶酔が浮かんだ。

(あれ、こういうことするのって、初めてかも)

忠雄はふと気がついた。初体験のラブホテルを除けば、異性との交歓は学校の中か、この院内のみ。一緒にシャワーを浴びたことなんてなかったのだ。

初めての経験に胸がはずみ、手つきがいやらしくなる。存在感のある乳首を、つい摘まんでしまった。

「いやん」

桃果が艶っぽい声を洩らし、上目づかいで睨んでくる。そんなしぐさにも、大いにときめいた。

とは言え、一方的に洗われるだけでは、間が持たなくなったらしい。

「あうっ」

忠雄が呻き、反射的に腰を引いたのは、萎えていた牡器官を両手で包み込まれたからだ。彼女のほうが背が低いから、ちょうどさわりやすい位置にあったようである。

「わたしも洗ってあげます」

流れ落ちるお湯を用いて、サオとタマをまとめて揉み洗いする。勃起していないためにくすぐったさが強く、忠雄は身をよじった。

程なく、その部分がムクムクと膨張する。

このままでは、またも主導権を取られてしまう。忠雄は壁の棚に置いてあったポンプからボディソープを手に取り、柔肌をヌルヌルとこすった。

「やん、くすぐったいです」

桃果が裸身をしなやかにくねらせる。それにもかまわず抱きしめて、背中からお尻に向かって手をすべらせた。

「あん……やだ」

甘い声を洩らす彼女は、撫でられるお尻をくねくねさせる。それがもっとしてと誘っているように感じられて、忠雄は指を割れ目へと忍ばせた。谷底にひそむ、可憐なツボミを狙って。

「あひっ」

鋭い声が放たれ、小柄なボディがぎゅんと強ばる。尻の谷に入った指が、強く挟み込まれた。

「だ、ダメです。そこ、お尻の――」

指先に触れたものが、きゅむきゅむと収縮する感触がある。どうやら狙いをはずすことなく、アヌスを捉えたようだ。

「でも、ここも洗わなくちゃいけないんですよね」

シャワーを浴びたいと言ったのを逆手に取ると、彼女が悔しげに口許を歪めた。

「それは……じ、自分で洗いますから」

「だけど、相田さんだって私のチンポを洗ってるじゃないですか」

重ねての逆襲に、桃果は何も言えなくなったようだ。ヒップをモジモジさせ、諦めたようにペニスを磨く。

忠雄は秘肛をしばらくこすったあと、指をはずした。やるべきことは、他にあるからだ。

シャワーで泡を流すと、桃果は安堵の表情になった。これで辱めから解放されると思ったのだろう。

「じゃあ、後ろを向いてください」

忠雄が告げると、きょとんとする。

「後ろって？」

「今度は私が、アソコを舐める番です」

これに、彼女は戸惑いをあらわにした。

「え、ここで？」

どうやらベッドに戻ってから、続きをするつもりでいたらしい。

忠雄とて、この場で最後までするつもりはない。一刻も早く、秘園に口をつけたかったのだ。ボディソープでこすったのはお尻の谷間だけだし、今ならまだ、生々しいかぐわしさが残っているはずだから。

「それとも、もっとお尻を綺麗にしましょうか？」

さらなる辱めを示唆すると、桃果は焦ったように身を剝《は》がした。

「わ、わかりました」

背中を向け、壁に両手を突く。言われたとおりに、丸いヒップを後方に差し出した。狭いため、忠雄は反対側の壁に背中をあずけることになる。膝を折って体勢を低くして、たわわな丸みと向き合った。

（ああ、なんていいお尻なんだ）

濡れた肌が、やけになまめかしい。その中心、ぱっくりと割れた谷底は色素の沈着があまりなく、桃色に染まったツボミの愛らしい姿がある。亜由美の毛の生えた肛門にもそそられたが、これはこれでいいものだ。

とは言え、今はそっちではなく、もうひとつの魅惑の部分を味わわねばならない。ぷっくりと盛りあがった大陰唇は、短めの毛が疎《まば》らに萌《も》えるのみである。ほころんだ裂け目から、花弁の端がわずかにはみ出すいたいけな佇まいを、邪魔されることなく観察できた。

（顔と同じで、ここも可愛いんだな）

何も知らずに見せられたら、バージンだと思ったかもしれない。すでに男を知っていて、今また新たな男と体験したくてここまで来たなんて、誰が想像するだろう。

「ああん、もう」

まじまじと見られているのを悟ったか、桃果がお尻を振って嘆く。さっき流したボディソープの残り香が、ふわっと漂った。

その中に、酸味の強い秘臭が感じられる。やはり匂いが残っていたのだ。

忠雄は鼻息を荒くして、尻の谷に顔を埋めた。

「キャッ」

悲鳴があがり、艶腰がガクンとはずむ。臀裂が閉じて、鼻面《はなづら》を強く挟み込んだ。

ヨーグルトに似た淫臭が、いっそう強く香る。昂りがふくれ上がり、忠雄は舌を恥割れに差し込んだ。

「くぅうーン」

今度は仔犬みたいな泣き声が、狭い空間に反響する。鼻の頭がアヌスに当たっており、そこがヒクつくのもわかった。

(感じてるんだ)

もっとよくしてあげるべく、舌を上下に動かす。裂け目の内側で往復させ、ジワジワと溢れる蜜を味わった。

「ああ、あ、あふっ、いい」

最初は舐められるのを拒んだのに、桃果が気持ちよさそうに喘ぐ。実はクンニリングスが好きなようだ。

やはり洗ってなかったから気になっただけなのだろう。今は残り香を嗅がれたことなど知る由《よし》もなく、快さにひたって裸体を切なげに震わせる。

小柄でも、ヒップのボリュームは真紀や亜由美に負けていない。ぷりぷりした弾力は、ふたり以上ではなかろうか。濡れた肌が、頬に吸いつく感じもたまらない。

いっそう熱を帯びてきた恥芯を、忠雄は熱心にねぶり回した。溢れる蜜で喉を潤しながら。

「あひっ、いい、あああっ」

敏感な肉芽を狙って吸いたてると、あられもない嬌声がほとばしる。裸身も火照《ほて》り、ビクッ、ビクッと歓喜にわななないた。

湧出量が増すほどに、ラブジュースが粘っこくなる。それを舌で絡め取り、クリトリスに塗りつけると、桃果があられもなくよがった。

「くううう、き、気持ちいいッ」

息づかいもはずみだす。かなりのところまで高まっているのが窺えた。

亜由美は無理だったが、桃果はクンニリングスで絶頂させられるかもしれない。どんなふうに昇りつめるのか是非とも目にしたくて、忠雄は蜜穴を深くほじるように舌を使った。

ぢゅぢゅぢゅッ——。

今にも滴りそうな愛液を、音を立ててすする。

「イヤイヤ、ダメぇ」

恥じらいながらも快感には抗《あらが》えず、女体が一直線に上昇する。

「あ、あ、イッちゃう」

背中を弓なりにして、極まった声を上げた。

(よし、今だ)

機を逃さず、硬くなった秘核を舌先ではじく。さらに、ついばむように吸うことで、
桃果は頂上に達した。

「イクッ、イクッ、イクイクイクぅ」

女らしく豊かな腰回りを、感電したみたいに震わせる。間もなく脱力して膝を折った彼女を、忠雄は後ろから抱きとめた。

(おれ、相田さんをイカせたんだ)

恋人にしか見せたことのない、あられもない姿を晒してくれたのだ。オルガスムスの名残で、肌のあちこちをピクッ、ピクッと痙攣《けいれん》させるのにも、愛しさがこみ上げる。

坐り込んだ桃果のヒップは、胡坐《あぐら》をかいた忠雄の股間にすっぽりと嵌《は》まっている。せわしない呼吸を繰り返す彼女の尻割れの狭間《はざま》で、いつの間にか復活した肉根が、雄々しく脈打っていた。

4

カウンセリングルームのベッドに戻ると、桃果が告白した。

「わたし、舐められてイッたのって、初めてなんですよ」

「え、そうなんですか？」

「ていうか、クンニもそんなにされたことってないんです」

彼女の話では、アソコを見られるのが恥ずかしくて、ずっと拒んでいたとのこと。彼氏のほうも、どうしても舐めたいというほどの強い思いはなかったらしい。

ただ、一度だけ、ふたりとも酔って行為に及んだことがあり、そのときに彼氏は桃果の秘園をじっくり観察し、口もつけたのだという。彼女のほうも、アルコールで大胆になっていたため、受け入れてしまったそうだ。

「でも、ただくすぐったいだけだったので、すぐにやめてもらったんです」

酔いが醒めたあとでそのことを思い出し、桃果は羞恥に身悶えた。その後はクンニリングスを求められることはなくて安堵したものの、今度は別のことが気になったと打ち明けた。

「もしかしたら、わたしのアソコがくさかったから、あれで懲《こ》りちゃったのかなと思って……お酒をたくさん飲んで、トイレに何度も行ったあとだったから」

そこまで話して、彼女が沈んだ面持ちを見せる。あとで悔やんだときの居たたまれない感情がぶり返したのか。

ともあれ、シャワーを浴びるまで舐めさせなかった理由が、これではっきりした。

「だけど、彼氏のモノはしゃぶってあげてたんですよね？」

「ええ。だって、バージンのときからしたいって思ってましたから」

「え？」

「女子高だったので、そういういやらしい話とか、友達同士でけっこう盛りあがってたんです。興味もありましたし、みんなネットや雑誌で知識を集めてましたよ」

セックスへの好奇心が高まる年頃ゆえ、周りに男がいない環境で、耳年増になるのは理解できる。だからと言って男漁りなどせず、ちゃんと恋人ができてから試したのだから、いたって健全であろう。

むしろ、フェラチオはさせるくせにクンニリングスをしない、桃果の恋人のほうが解せない。

(本当に匂いが気に入らなかったのか？)

あるいは、試しにやったものの、あまりお気に召さなかったというのか。まあ、桃果が拒んだせいもあるのかもしれないが。

ただ、そんな男と結婚して、彼女は幸せになれるのだろうか。女性に奉仕させるだけさせて、自分は何もしない輩《やから》など、どうも信用できない。

だからこそ、結婚前に他の男と体験したいと願っても、許されて然るべきだ。

「それで、どうでした？」

問いかけに、桃果が怪訝な面持ちを見せる。

「え、どうって？」

「アソコを舐められて」

質問の意図を理解して、彼女が頰を朱に染める。

「そ、それは――」

恥じらいながらも「……気持ちよかったです」と、消え入りそうな声で答えた。

「じゃあ、彼氏からもしてもらえるといいですね」

「ええ……」

艶めいた眼差しでうなずいたところを見ると、クンニリングスへの抵抗がなくなったらしい。今度は自分から、してほしいと求めるのではないだろうか。

「そ、そんなことよりも、早くしましょう」

照れくささを誤魔化すように、桃果が話題を変える。

「あ、はい」

「先生はここに寝てください」

促されて、ベッドに横たわる。どうするのかと思えば、彼女が腰に跨がってきた。

「わたしがしますから、先生はじっとしててくださいね」

反り返って下腹にへばりつく肉根を、逆手で握って上向かせる。騎乗位で交わるつもりなのだ。

「こんなに硬くなってる……」

つぶやくように言い、桃果は屹立の尖端を自身の底部にこすりつけた。溢れていた蜜が、張りつめた亀頭粘膜を温かく濡らす。

「あん、ヌルッて入っちゃいそう」

なるほど、クンニリングスで絶頂した女芯は柔らかく蕩け、牡の漲りをやすやすと受け入れそうであった。

（ああ、早く）

忠雄は気が急いていた。彼女が昇りつめる姿を目の当たりにしたときから、ひとつになりたい欲求が胸を衝きあげていたのである。

その願いが通じたか、桃果が強ばりに巻きつけた指をほどく。すでに切っ先が洞窟の入り口に浅くもぐっていたから、狙いがはずれる心配はなかった。

「しますよ」

短く声をかけ、そそり立つモノの真上に体重をかける。彼女が言ったとおり、強ばりは抵抗なく蜜穴に呑み込まれた。

「ああん」

桃果が背すじをピンとのばして喘ぐ。

忠雄の股間に、柔らかな重みがのしかかる。同時に、ペニスが温かな中で、甘美な締めつけを浴びた。

（入った――）

これが三人目の女性である。ずっと女っ気のない生活を送ってきたのに、複数の異性とセックスができるまでになったなんて。

ようやく運が向いてきたのかと思いかけたものの、相変わらず恋人と呼べる存在は皆無だ。

関係を持った女性、亜由美は人妻だったし、桃果も婚約者がいる。後腐れがないとも言えるが、その場限りの快楽は虚しいばかりである。

それでも、いつかは運命の女性に巡り会えるはず。期待をふくらませたところで、桃果が腰を振り出した。

「あん……オチンチン、すっごく硬い」

はしたない言葉を口にして、たわわなヒップを前後に揺らす。交わる性器が馴染んでくると、動きが大きくなった。

「あ、あ、あ、いい。気持ちいい」

瞼《まぶた》を閉じ、うっとりした声を洩らす彼女は、あどけなかった童顔が艶っぽく蕩けていた。

丸いおっぱいがたぷたぷとはずみ、乳暈《にゅううん》が上下左右に残像を描く。腰の動きに回転が加わり、心なしか締めつけも強まったようだ。

「いつも相田さんが上になってるんですか?」

そんなことを訊いたのは、攻める腰づかいが慣れているふうに感じられたからだ。

すると、桃果が薄目を開けて睨んでくる。

「そんなことありません」

否定したものの、どこか気まずげだ。案外図星だったのか。

「あんまりヘンなこと言わないでください」

なじってから、お尻を少し浮かせる。膝を立てて、繋がったまま男の上で回れ右をした。

「おおお」

ペニスを横方向にこすられて、忠雄はのけ反って喘いだ。女教師の真紀に女のカラダを教えられたとき、受け身で交わったことは何度もあったが、こんなふうに途中で向きを変えられたのは初めてだ。

「ふう」

背中を向けた桃果が、上半身をブルッと震わせる。後ろから見ると、腰のくびれはあまり目立たないものの、まん丸な臀部が際立っていた。

とは言え、魅力的なお尻を見せつけるために、体位を変えたわけではなかったらしい。

彼女は前屈みになると、忠雄の両膝に手をついた。艶腰をブルッと震わせてから、豊臀を上げ下げし始める。最初はゆっくりと、徐々に速度を上げて。

「ああ、あ、いやぁ」

よがり声のトーンが変わる。向かい合っていたときよりも、深いところで悦びを得ている様子だ。

「くうう、お、奥に当たってるぅ」

どうやら快いポイントを突かれて、たまらなくなっているらしい。背面の騎乗位に切り替えたのは、このほうがより感じるからであろう。

（ということは、彼氏とするときも、バックでされるのが好きなのかも）

この体位だけでなく、四つん這いになって勢いよく突かれるのも、お気に入りなのではないか。パンパンと音が立つほどに腰をぶつけられ、あられもなくよがる痴態が脳裏に浮かんだ。

桃果は前屈みの姿勢のため、お尻の割れ目が全開になっている。ピンク色のアヌスばかりか、蜜芯にペニスが出入りするところもまる見えだ。

（うう、いやらしい）

見え隠れする肉色の器官は、愛液をまといつかせていっそう生々しい。セックスよりも交尾という表現がしっくりくる、露骨すぎる光景であった。

それにより、劣情が大いに煽られる。

完全な受け身でいるのは、男として情けない。忠雄は女体の動きに合わせて、腰を勢いよく突き上げた。

「きゃふッ」

桃果が鋭い声を発し、裸体を強ばらせる。

「イヤッ、しないで」

「え？」

「わ、わたしに――全部させてください」

感じすぎて乱れそうなのか。それとも、ヘタに動かれると、いい場所に当たらないのだろうか。

「わかりました」

カウンセラーとしては、相談者の要望に応えねばならない。忠雄が気をつけの姿勢でじっとしていると、彼女が再びヒップを上下に振り出した。

「ああ、あ、感じる」

丸いお肉がリズミカルにはずみ、桃肌がぷるんと波打つ。結合部の淫靡な眺めもそのままだ。

（気持ちいい……）

エロチックな見世物と心地よい摩擦で、性感曲線が右肩上がりとなる。うっとり気分で悦楽に漂っていると、桃果のよがり声も派手になった。

「あぁっ、いい、いいのぉ」

ハッハッと呼吸を乱し、双丘をせわしなく打ち下ろす。パツパツと湿った音が響き、筋張った肉胴に泡立った蜜汁がまといついた。

ぢゅぷッ――。

ぬかるみを踏むような音が、淫らな風情を添える。彼女も充分に高まり、膣内の温度が上昇しているようだ。

「いやあ、い、イキそう」

頂上が迫り、腰づかいが速まる。

忠雄はまだ余裕があった。動かずじっとしているだけだったから、忍耐をコントロールしやすかったのである。

これならオルガスムスを見届けられそうだと思ったとき、桃果が「ああ、ああっ」と差し迫った声を上げた。

「イッちゃう、イッちゃう。はあああああっ！」

嬌声を張りあげ、上半身をガクンガクンと前後に揺らす。

「う――ううッ……くはぁ」

脱力して、忠雄の上から崩れ落ちる。脇に転がり、俯《うつぶ》せになった。

「はぁ、ハッ、はふ」

深い息づかいを繰り返し、肩を上下させる。忠雄は身を起こし、そんな彼女を見おろした。

ふっくらと盛りあがった尻肉の狭間を覗き込めば、濡れた恥芯が見えた。淫行の名残ではみ出した花びらがほころび、赤みの強い粘膜を覗かせる。

(いやらしすぎる……)

たった今味わったばかりなのに、また挿《い》れたくなる。下腹で反り返る分身が、しゃくり上げるように脈打った。

フェラチオで口内発射に導かれ、たっぷりとほとばしらせたのである。けれど、復活したことで射精欲求がマックスとなり、もう一度昇りつめなければ気が済まなくなっていた。

(挿れてもいいよな)

今度はこちらが動いて、歓喜によがらせたい。

忠雄は桃果の背中に身を重ねた。ヒップの裂け目に強ばりを突き立て、濡れ穴を探る。

「ううん」

まだ絶頂の余韻にひたっているらしき彼女が、うるさそうに呻いた。しかし、はね除ける元気はなさそうだ。

それをいいことに、再び蜜穴へと肉棒を沈める。

「くはぁ」

桃果が首を反らし、女体をヒクヒクと波打たせた。

まといつく柔ヒダの感触と、締めつけがたまらない。俯せになっているせいか、さっきまでよりもキツい感じだ。

「もう……まだするんですか？」

やるせなさげな口振りで確認される。

「駄目ですか？」

「……」

嫌なのかと思えば、拒まれもしない。だったらいいだろうと、腰振りを始める。

「あ、あふ、ンぅぅ」

最初はおとなしく喘ぐだけだった彼女が、時間をかけることなく切なげな声をこぼしだした。絶頂したあとだから、上昇しやすかったのか。

「いやぁ、も、バカぁ」

すすり泣いてよがり、身を震わせる。洩れる声を抑えようとしたか、シーツに突っ伏して「むーむー」と唸った。

(可愛いなあ)

高まる愛しさで、抽送が勢いづく。

下腹に当たるお尻の、ぷにぷにした弾力が心地よい。もう一度頂上に導くべく、忠雄はリズミカルに女窟を穿ち続けた。

第三章　若妻の自慰に欲情

1

忠雄が訪問カウンセリングをすることにしたのは、要望があったからではない。需要があるのではないかと推測したからだ。

父親が心療内科をしていたときに聞いたことがある。心の病で病院に通うなんて他に知られたくなくて、わざわざ遠くから訪れる患者もいたのだと。

カウンセリングは、薬の処方が必要なほど深刻なものではない。しかし、悩みの相談も本人の心、謂《い》わば究極のプライバシーに関わることである。

何か心配事でもあるのかと、特に知人から勘繰られるのは抵抗があるもの。できればこっそり受診したいと望む者も少なくあるまい。また、引きこもりの家族のカウンセリングを求められる場合もありそうだ。

かように考え、訪問でのカウンセリングも受けつけますとホームページに明記したところ、さっそく依頼があった。先見の明があったなと、忠雄はほくほく顔で先方にお邪魔したのである。

場所は隣町で、住宅街にあるマンションだった。それほど大きくないがまだ新しく、賃貸物件のようである。

玄関のインターホンで訪問先のお宅を呼び出すと、若い女性の声で『はい、どちらさまでしょう』と返事があった。

「お約束をした赤石と申しますが」

他に聞かれないよう、カウンセリングという言葉を口にせず伝える。それでも、向こうはすぐにわかったようだ。

『お待ちしておりました。どうぞ』

玄関の自動ドアが開いたので、忠雄は中に進んだ。エレベータに乗り、目的の階へと上がる。

「いらっしゃいませ」

ドアを開けて出迎えてくれたのは、二十代の半ばと思しき、白いワンピースをまとった女性だった。

清楚な身なりに相応しく、サラサラの髪も漆黒である。派手さはなくても整った美貌は、まさに穢《けが》れなき乙女《おとめ》という雰囲気か。

けれど、実際のところ乙女ではない。男を知っているのは、左手の薬指に光る指輪が教えてくれた。

(結婚してるんだな)

招き入れられた室内も、家具調度や電化製品から、夫婦で暮らしているのだとわかる。それでも本人も含めて初々《ういうい》しい雰囲気があり、おそらく新婚なのだろう。

忠雄はリビングのソファーを勧められた。テレビを前にしたふたり掛けで、若妻は脇の大きなクッションにちょこんと腰をおろした。

「では、さっそくですが、こちらをご記入ください」

持参した鞄《かばん》から、バインダーに挟んだ予診票を取り出す。ボールペンと一緒に渡すと、彼女は神妙な面持ちで記入した。

それは訪問カウンセリング用に、新たに作成したものである。よって、カメラ撮影に関する同意書はない。

代わりに、忠雄はボイスレコーダーを取り出した。

「カウンセリングのほう、こちらで録音させていただいてもよろしいですか？」

問いかけに、若妻はちょっと迷ってから、「ええ……」とうなずいた。それから、

「誰かに聞かせたりしませんよね？」

と、心配そうに確認する。

「もちろんです。私が必要なところを聞き直すのに使うだけで、カウンセリングが終わりましたら録音は消去します」

使用目的を説明すると、彼女は安心したようだ。

(けっこう深刻な悩みなのかな？)

相談の証拠を残したくない様子である。是が非でも秘密にしたいことなのか。

もっとも、わざわざ自宅に招いてまで、カウンセリングを受けたいというのである。それも当然か。

若い女性で秘密の相談。ひょっとしてセックスに関することなのかと、忠雄は勘繰った。結婚する前に他の男と体験したいという相談者——桃果の求めに応じて悦楽のひとときを過ごしたのは、つい先週のことだったのだ。

まあ、新婚ならそんなことはあるまい。ダンナに飽きたから浮気をしたいなどと、放埒《ほうらつ》なことを望むタイプにも見えなかった。

予診票を確認すると、彼女の名前は佐久間《さくま》かなえ。年齢は二十四歳だ。職業欄には主婦とあった。

「外でのお仕事はされてないんですね？」

訊ねると、かなえは「はい」と返事をした。

「過去にお勤めをされたことは？」

「ありません。大学を卒業したあと、花嫁修業で家事手伝いをしてましたから」

今どき珍しい経歴である。育ちがよさそうに見えるし、もしかしたらいいところのお嬢様なのだろうか。

ならば、性的な悩みではなさそうだ。親に言われるまま結婚したものの、今になってこれでいいのかと、人生に迷いが生じてきたというのが関の山か。

などと、密かに想像しつつ問いかける。

「結婚されて、どれぐらいになるんですか？」

「一ヶ月ほどでしょうか」

「では、新婚ほやほやなんですね」

「そうですね……」

うなずいた彼女の面差しに影が差す。やはり結婚を後悔しているのだろうか。

かなえはどことなく緊張している様子だった。カウンセリングを依頼したものの、すぐに相談ができそうな雰囲気ではない。

気持ちをほぐすために、忠雄は話題を振ることにした。

「よろしかったら、旦那さんとの馴れ初めをお話いただけますか？」

「馴れ初めですか？　お見合いです」

予想どおりだったものの、さらりと答えられて戸惑う。

「あ、そ、そうなんですか。それはご両親に勧められて？」

「父方の伯母の紹介です」

それもまた、いかにもありがちなパターンである。

「旦那さんは、どんな方なんですか？」

この質問に、かなえが頬を緩ませる。

「はい、とても優しいです」

嬉しそうに答えたから、本当にそう思っているのだろう。いや、それ以上に信頼しているのが窺える。

つまり、夫への不満はないということだ。

(だったら、何を相談したいのかな？)

夫婦関係でなければ、夫の実家とうまくいっていないのか。たまに来る姑《しゅうとめ》に厭味《いやみ》を言われるとか。あるいは舅《しゅうと》に言い寄られているのかもしれない。

「では、よろしければ、今回ご依頼した件についてお話しください」

本題に入ると、また彼女の表情が強ばった。

「はい……」

話しづらいのか、俯いて膝の上で手を遊ばせる。しばらくモジモジと身を揺すってから、ようやく顔をあげた。

「実は、夜の生活のことなんです」

性的なことではなさそうだと、一度は打ち消したものの、まさか本当にそっちの相談だったとは。

「わたし、今の主人とお見合いするまで、男性とお付き合いをしたことがなかったんです」

かなえが打ち明ける。やはり箱入り娘だったようだ。

「じゃあ、旦那さんが初めてのお相手なんですね」

「はい。ただ、結婚前には、そういうことは何もしてなくて。新婚旅行先で初めてキスをして、その……結ばれたんです」

恥ずかしそうに打ち明けられ、忠雄もドキドキしてきた。

「ひょっとして旦那さんも、佐久間さんとが初めてだったんですか？」

「さあ……そこまではわかりませんけど」

経験の有無はともかく、無事に結ばれたのなら問題はなさそうだ。だったら、何が悩みなのだろう。

（まさか、旦那との営みが思ったほどよくないから、どうかしてほしいっていうんじゃないよな）

女子校出身の桃果は、かなり耳年増だったようである。かなえも処女なりに知識を仕入れて、セックスは気持ちいいものと期待していたのだとか。しかし、処女がすぐに快感を得られるなんて、ごく稀《まれ》のはずだ。

よって、それは時間が解決するとしか言いようがない。男と違って、女性は経験を積まないと快感を得られないのだからと。

だが、若妻の悩みは、忠雄が推察したようなことではなかった。

「それで、いちおう初夜は無事に終わったんですけど、とにかく、死ぬほど痛かったんです」

かなえが顔を歪める。目に涙すら浮かべたから、破瓜《はか》の激痛はかなりのものだったらしい。

「それは災難でしたね」

男の立場では、そうとしか言いようがない。

「あの、そのせいで……できなくなったんです」

「え、できなくなったとは？」

「ですから、夜の営みが」

消え入りそうな声での告白に、忠雄は言葉を失った。つまり、初夜の痛みが甚《はなは》だしかったものだから、夫を受け入れることができなくなったというのか。

「……ええと、それはつまり、怖いからですか？」

いちおう確認すると、彼女が「はい」とうなずく。

「我慢して受け入れようとはするんですけど、その瞬間になるとカラダが強ばって、気がつくと主人を突き飛ばしているんです」

男を突き飛ばすほどの力はなさそうだし、大袈裟に言ってるのであろう。ただ、ベッドインができずに拒んでしまうのは確からしい。

「ということは、初夜のあとは、一度もしてないんですか？」

「はい……」

なるほど、けっこう深刻な問題のようである。

「旦那さんはどうしてるんですか？」

「わたしが営みを怖がっていると知っているので、無理なことはしません。そのうちできるようになるよって言ってくれます」

新妻の気持ちを慮《おもんぱか》り、優しく接してくれるらしい。なんてできた夫なのかと、忠雄は感動すら覚えた。

しかしながら、新婚なのに妻を抱けずにいて、平常心でいられるものなのか。

「旦那さんはおいくつなんですか？」

「わたしの三つ上なので、二十七歳です」

その年なら、童貞で結婚したということはあるまい。ある程度の経験があったからこそ、怯える妻に余裕を持って接することができるのだろう。

ただ、欲望をどうしているのかが気に懸かる。

(奥さんが、手で処理してあげてるのかな？)

結婚するまでキスすら未経験だったのなら、フェラチオは無理だろう。だが、手を使うぐらいならできるのではないか。

そんなことを考えて、忠雄はモヤモヤしてきた。目の前の清楚な若妻が、綺麗な手で武骨な肉器官をしごく場面を想像したからだ。

「そうすると、寝る前には何もしないってことなんですか？」

つい質問してしまったのは、いやらしい好奇心以外の何ものでもなかった。

とは言え、かなえが正直に答えるとは思わなかったのである。適当に誤魔化されるに違いないと思っていたのだ。

「いえ、何もしないってことはないです。いちおうふたりで過ごしてますし、男のひとって、スッキリしないといけないじゃないですか」

若妻の返答に、忠雄はうろたえた。やはり彼女は夫のモノを愛撫し、射精に導いているらしい。

そうなると、夫もお返しをするのが自然の流れであろう。案外濃密なひとときを過ごしていそうだ。

「だったら問題はなさそうですね」

余計なことを喋らせまいと気を遣ったのに、かなえの話はそこで終わらなかった。

「いいえ、問題ありです。やっぱり夫婦ですから、ふたりでしたいじゃないですか」

「え、ふたりで？」

てっきり愛撫交歓をしていると思ったのに。そうすると彼女が奉仕するだけで、夫が何もしてくれないのが不満なのか。

「旦那さんがしてくれないんですか？」

「いいえ、主人もちゃんと自分でしてます」

「自分で？」

何だか言葉のチョイスがおかしいなと思えば、思いもよらない告白が飛び出した。

「わたしたち、ふたりでしてるんです。その、自慰を」

「え、ジイって？」

「……オナニーです」

頬を赤らめて告げられ、忠雄は絶句した。きっちり十秒は固まっていただろう。

「──つ、つまり、夫婦ふたりで、その、ひとりでしてるんですか？」

我ながらおかしな日本語だと思ったものの、そうとしか言いようがないのだからしようがない。

「そういうことになります」

かなえが俯きがちに認める。

セックスができないのなら、自らの指で慰めるしかないのは理解できる。けれど、彼女の口振りからして、その行為を夫婦一緒にしているようなのだ。

（いや、まさか――）

きっと聞き間違いだと、もう一度確認する。

「ええと、その行為は、どこでしてるんですか？」

「だいたいは寝室です。あと、ここでも」

「え、ここ？」

「ふたりでそういうビデオを見ながらとか。あと、お風呂場ですることもあります」

「お風呂場……それは旦那さんと一緒に入って？」

「ええ。夫婦ですから」

やはりふたりでしているのだ。

「ひょっとして、オナニーをするところを、見せ合ってるんですか？」

「ビデオを見るとき以外はそうですね」

つまり、お互いをオカズにしているというのか。愛撫交歓ではなく、まさかセルフサービスだったとは。

夫婦にはいろいろなかたちがあるし、何が正解というものはない。独り身の忠雄にも、そのぐらいのことはわかる。

（……まあ、セックスができないのなら、そういうのもありなのか）

納得することで、興味も湧いてくる。

「佐久間さんも結婚前から、その、ひとりでしたことがあったんですね？」

若妻の自慰遍歴を訊ね、無性にドキドキする。

「はい。どこをどうすれば快《こころよ》いのか、ちゃんとわかっていないと、夫婦生活がうまくいかないと教わったので」

箱入り娘のために、そういうことを指南する読本でもあるのだろうか。

いかにも清楚という印象のかなえが、以前からオナニーをしていたとは意外であった。むしろ性的な行為に抵抗を覚えるタイプにも見えるのに。

ただ、信じ難いからこそ、彼女が自らをまさぐる場面を想像するだけで、動悸《どうき》が激しくなる。しかもその行為を、夫婦で見せ合っているなんて。

「ふたりでしようと提案したのは、旦那さんなんですか？」

「どちらがっていうことはないんです。営みが無理なら自分でするしかないみたいになって、自然とそういう流れになりました」

そこまで気持ちが通じ合うとは、性格も趣味も一致しているようだ。見合い結婚ながら、いい相手に巡り会ったと言える。

「ところで、どうしてカウンセリングを受けようと思ったんですか？」

訊ねたものの、だいたいの予想はついていた。ちゃんとセックスがしたいので、どうすればいいのかという相談なのだと。他に考えられない。

「それは、このままでいいのかと悩んで……」

「まあ、そうでしょうね」

「とにかく、気持ちよすぎて困ってるんです」

予想もしなかったことを言われ、忠雄は目が点になった。

「え、気持ちよすぎる？」

「ふたりで自慰をするのがとてもよくって、夫もそれで満足しているみたいなんです。もう営みなんかしなくてもいいみたいな感じで」

「……はあ」

「わたしも、あんな痛い目に遭《あ》うのは懲り懲りですから、このままでいいのかなと思うこともあります。だけど、それだと子供ができないじゃないですか。わたし、子供は最低でもふたりほしいので、妊娠できないのは困るんです」

現状をどうにかしたいのは確かながら、まさか快感に嵌まって抜け出せないでいるとは思わなかった。

（ていうか、出産って、処女喪失よりも痛いんじゃないか？）

破瓜の傷みに懲りて挿入を拒むぐらいで、どうして子供が産めるだろう。

そもそも、オナニーがよくてセックスをする気になれないというのが理解できない。

恋人がおらず、右手で欲望を処理するのが当たり前の忠雄は、もはや飽き飽きしているというのに。

(それとも、ふたりで見せ合うと、気持ちよさが違うのか?)

なんとなく興味が湧いてくる。

「佐久間さんはどうなんですか?」

「え?」

「旦那さんとオナニーをするのは、そんなに気持ちいいんですか?」

問いかけに、かなえは目を伏せて恥じらった。頬がリンゴみたいに赤くなる。

「……はい。とても」

「ひとりでしていたときと比べてどうですか?」

「全然違います。ひとりのときは、一度果てたら充分って感じだったんですけど、主人とするときは際限がなくって」

「つまり、何回もイクってことなんですか?」

「はい」

夫の前で自らをまさぐり、何度も昇りつめる若妻。そこまで淫らな女性には、とても見えない。

「では、旦那さんも何回も？」

「射精の回数ですか？　二回出すことが多いです。たまに三回のときも」

性欲過多な十代ならいざ知らず、二十代の後半で複数の放精が当たり前だとは。そんなにも快感が著しいというのか。

（奥さんがするところを見て、昂奮させられるってのもあるんだろうな）

淑やかな若妻の痴態。しかも、狂おしく昇りつめるところまで見せられては、たまらないであろう。

話を聞くだけで、忠雄は勃起した。そんなにいいのなら、是非とも体験してみたくなる。

（セックスするわけじゃないんだし、そのぐらいならいいよな）

共感するために必要だと、理由はいくらでも説明できる。ここまで打ち明けてくれたのだし、かなえも同意してくれるのではないか。

彼女を見れば、クッションの上で若尻がモジモジしているのがわかる。見せ合いオナニーで絶頂したときを思い返し、悩ましさが募っているに違いない。

これならＯＫしてくれるはずと、忠雄は思い切って申し出た。

「カウンセリングでは、相談者と気持ちを通じ合わせることが重要なんです。ただ、私は佐久間さんたちご夫婦がしているようなことは経験がないものですから、理解するのが難しくて」

「そうなんですか……」

かなえが落胆の面持ちを見せる。ところが、すぐさま何かを閃いたというふうに、目を輝かせた。

「経験したことがないのなら、実際にやってみればいいんですよね」

「え、ええ」

「どんなふうなのか、わたしとしてみませんか？」

まさか彼女のほうから提案してくれるとは思わなかった。これぞ願ったり叶《かな》ったりである。

「ええ、佐久間さんがよろしければ」

「ええと、それじゃ――」

腰を浮かせてから、かなえがやけに色っぽい眼差しをくれる。

「あの……奥の部屋で」

忠雄は思わずナマ唾を呑んだ。

2

六畳ほどの洋間は、ウォークインクローゼットと反対側の壁に、ダブルベッドが置いてあった。ここが夫婦の寝室なのだ。

かなえが掛け布団を剝ぎ、ベッドに上がる。ヘッドボードを背にして坐り、

「どうぞ」

と、忠雄を招いた。

「し、失礼します」

恐縮しつつ、彼女の向かいに坐る。

新婚夫婦の聖域とも呼べる場所である。入り込むことに、多少なりとも罪悪感があった。

ところが、ベッドのマットレスは低反発で、膝や尻がいい感じに沈み込む。なるほど、気持ちよくオナニーができそうだと、期待が高まった。

もちろん、セックスをするのが一番なのだが。

「じゃあ、始めましょう」

かなえが頬を緩める。どこかワクワクした顔つきだ。

(オナニーがそんなにいいってことなのか)

しかしながら、彼女は未だ白いワンピース姿である。もちろん、忠雄も服を脱いでいない。

「あの、このままの格好でするんですか?」

訊ねると、かなえがきょとんとした顔を見せた。

「ええ、そうですけど」

「脱がないんですか?」

「脱がなくてもできますから」

そう言って、彼女が両膝を立てる。スカート部分が膝から滑り落ち、肉づきのいい太腿と、アウターと同じく純白の下着があらわになった。

(わっ)

心臓がバクンと音を立てる。

人妻も含めた年上女性たちの、あられもない姿を目にしてきた忠雄である。それと比べたら、おとなしいぐらいのチラリズムであった。

にもかかわらず、胸が締めつけられるほどのいやらしさを感じる。おとなしそうな若妻が、これからオナニーをしようとしているのだ。

スカートの中にこもっていた匂いが放たれたか、ベッドの上に甘ったるいかぐわしさが漂う。それもまた、忠雄の劣情を煽った。

「しますね」

しなやかな指が、クロッチへと差しのべられる。陰部のぷっくりした形状を浮かび上がらせた中心を、そっとなぞった。

「あん」

抑えた喘ぎ声がこぼれる。白い内腿が、ビクッとわななないたのがわかった。

(本当にするのか……)

ブリーフの中で、男根が雄々しく脈打つ。それをズボンの上から握ると、快美の波が体内に広がった。

「むふぅ」

たまらず太い鼻息をこぼしてしまう。

かなえのパンティは化学繊維素材らしく、光沢がある。指でこすられるところに、間もなく色濃いシミが浮かんできた。

(もう濡れてる)

それは忠雄も一緒だった。亀頭とこすれるブリーフの裏地に、粘つく感じがあったのだ。早くもカウパー腺液が滲み出ているようである。

つまり、それだけ昂奮させられているのだ。

「あの、ペニスを出してください」

声をかけられてドキッとする。若妻がトロンとした目で、こちらを見つめていた。

「それだとシコシコできませんし、窮屈ですよね」

確かにその通りで、忠雄も猛るモノを握り、思いっ切りしごきたかった。さりとて、自分ばかりが性器をあらわにするのはためらわれる。

「わたしも直にさわりますから」

かなえが言う。パンティを脱ぐのかと思えば、指を脇から差し入れた。

「ああん」

艶声が高まる。シーツの上で、ヒップがいやらしくくねった。

(いや、脱がないのかよ)

女性は下着に手を入れるだけで、敏感なところをまさぐれる。それで絶頂することも可能ながら、男はそうはいかない。勃起をあらわにしないと、ちゃんと快感を得られないのだ。

不公平だと思いつつも、高まる欲求には勝てない。それに、いきり立つ陽根を目にすれば、彼女も煽られて秘部を見せてくれるかもしれない。

忠雄はベルトを弛《ゆる》め、ファスナーを下ろした。前引きから摑み出してもよかったのであるが、いっそ大胆に見せつけてやれという心持ちになったのだ。

ズボンとブリーフをまとめて脱ぎおろし、下半身すっぽんぽんになる。かなえも同じ格好になってくれるのを期待して。

シーツに尻を据えると、忠雄は脚を大きく開いた。

「あ——」

かなえの目が見開かれる。隆々とそびえ立つ牡のシンボルに、視線が真っ直ぐに注がれた。

(うう、見られた)

羞恥がふくれあがり、顔が熱くなる。その一方で誇らしさも覚えたのは、若妻の面差しに驚愕が浮かんでいたからだ。

「すごい……」

つぶやきが聞こえ、彼女がコクッと喉を鳴らしたのがわかった。

(旦那さんのよりも、立派ってことなのかな?)

でなければ、そんな反応はしまい。

おかげで、忠雄はいっそう大胆になれた。強ばりきったイチモツを握り、手をゆっくりと上下させる。包皮が亀頭に被さっては剝けるところを、しっかり見てもらえるように。

「あん、いやらしい」

かなえの指も動きを大きくする。クロッチの波打ちがはっきりとわかり、ぬかるみをかき回すような淫靡な水音も聞こえた。そこはしとどになっているようだ。

(おれのオナニーを見て、昂奮してるんだ)

事実、彼女の目は忠雄の下半身を捉えて離さない。半開きの唇からは、絶え間なく息をこぼしている。

(ああ、何だこれ)

忠雄は不意に気がついた。普段のオナニーよりも、遥かに大きな快感にひたっていることに。

オカズにしているのは、処女で結婚した若妻のオナニーシーンである。けれど、見せられているのは下着のみ。指がどこをどんなふうにいじっているのかも、はっきりとはわからない。いっそもどかしいぐらいである。

なのに、ここまで感じるのは、見られることに昂っているためなのだ。

(おれ、露出狂の趣味はなかったのに……)

それとも、これが普通の感覚なのか。だとすると、かなえの夫も新妻の視線を浴びることで悦びを得て、何度も射精したことになる。

ニチャニチャ……。

滴る先走り汁が粘つきをこぼす。紅潮した亀頭がヌメり、卑猥な発色を呈しているところも、すべて彼女の視界に入っているのだ。

そう考えると、秘茎がさらに力を漲らせる。

「あ、あっ――」

かなえの声がトーンを変える。早くも差し迫っているようだ。

(え、イクのか？)

筒肉をしごきながら見守っていると、彼女が切なげに顔を歪めた。

「ご、ごめんなさい。先にイキます」

なぜだか謝り、若腰をビクッ、ビクッと震わせる。

「あ、イク、イク、くううう」

かなえは昇りつめた。太腿が閉じられ、股間の手を挟み込む。

「くは――ハッ、はふ」

息づかいを荒くし、歓喜の余韻に身を震わせた。

決して派手ではない絶頂は、それゆえ妙にリアルだ。いやらしさもこの上なく、忠雄は引き込まれてほとばしらせそうになった。根元を強く握って、どうにか堪えたのである。

トロリ――。

鈴口から、白く濁ったカウパー腺液がこぼれ落ちる。そこには精子がかなり混じっているに違いなかった。

「気持ちよかったですか？」

震える声で問いかけると、かなえが顔をあげる。肩を上下させながら、「ええ」とうなずいた。

だが、心から満足したようには見えない。もっと気持ちよくなりたいと、顔に書いてある。

「佐久間さんも下着を脱いでください」

促すと、彼女が尻を浮かせる。純白の薄物を剝き下ろし、美脚をすべらせた。

しかしながら、さすがに秘められたところを全開にはしない。脚を開いてくれたものの、その部分は指で隠された。

とは言え、見せまいとしたのではない。オナニーの続きをするためなのだ。

「わたしが脱いだんですから、先生も精液を出してください」

露骨なおねだりを口にして、二本揃えた指で恥割れをこする。その脇からはみ出した恥毛が、やけに卑猥だ。

(うう、エロすぎる)

煽られて、忠雄は手の上下運動を再開させた。

「ああっ、き、気持ちいい」

かなえが首を反らしてよがる。一度達したことではずみがついたか、指づかいも派手になった。

そのため、ヘアばかりか花びらもチラチラと見え隠れする。細くて綺麗な指には、いつの間にか透明な愛液がまといついていた。

初夜の痛みが怖《お》じ気づかせるのか、彼女は指を膣に挿《い》れなかった。クリトリスを中心に、外側のみをこする。

それでも、悦びはかなりのものらしい。剝き身の太腿がビクッ、ビクッと痙攣した。

（すごく感じてるぞ）

早くも二度目のオルガスムスを迎えそうな雰囲気がある。そして、忠雄も頂上が迫りつつあった。

「うう……またイッちゃいそう」

かなえの息づかいが荒くなる。指の運動も速度を上げ、クチュクチュと淫らな音が聞こえた。

「私も、もうすぐです」

忠雄が告げると、彼女が面差しを蕩けさせた。

「だったら、いっしょに――」

「あの、ティッシュを」

このまま発射したら、シーツを汚してしまうと思ったのである。ところが、

「そのまま出してください」

かなえが口早に促した。

「え、でも」

「シーツは洗濯しますから。ね、精液をいっぱい飛ばして」

どうやら射精の瞬間を見たいらしい。だったらいいかと、忠雄は忍耐の手綱《たづな》を緩め

た。間を置かず、歓喜の波が迫ってくる。

「ううう、あ、い、いく」

腰をガクガクと揺すると、若妻も歓喜の極みへと駆けのぼる。

「わたしも、い、イク、イッちゃう」

ふたりの振動がシンクロして、ダブルベッドが軋《きし》む。

「おおおお、出る、いく」

「イクイクイク、イッちゃうぅぅううっ！」

嬌声を張りあげて、かなえがオルガスムスに至る。上半身を振り子みたいに揺らしながらも、見開かれた目は牡の猛りを捉えて離さなかった。

その視線が、狂おしいまでの悦びを招き寄せた。

「ううぅっ」

忠雄は呻き、熱い樹液をほとばしらせた。全身が粉となって砕け散るような錯覚を味わいながら。

びゅるっ、びゅくんッ――――。

濃厚な白濁液が、糸を引いて次々と放たれる。

「ああ、で、出てるぅ」

射精を目撃したことで、彼女はさらなる高みに至ったらしい。ヒップを大きくはずませ、ベッドに倒れ込んだ。

「あふっ、はっ、はふうう」

横臥《おうが》して、女体をピクピクと痙攣させる。オルガスムスの波は、なかなか去らないようであった。

忠雄も体を前に折り、気怠い余韻にどっぷりとひたった。シーツを淫らに彩った白濁液が、濃厚な青くささをたち昇らせるのに、物憂さを募らせながら。

(……たしかにこれ、よすぎるぞ)

自身の右手で達したのに、満足感はセックスに匹敵する。いや、それ以上かもしれない。

新婚夫婦が、自慰の見せ合いから抜け出せないのも当然だ。忠雄は納得し、共感もした。今の快感をもう一度味わいたいと、軟らかくなりかけた秘茎をゆるゆるとしごき続けたほどに。

さりとて、かなえが望んでいるのは、真っ当な夫婦の営みである。それには、初夜のトラウマを克服する必要があった。

そのためにはどうすればいいのか。なかなかおとなしくならない呼吸を持て余しつつ、忠雄は懸命に考えた。

3

かなえがベッドのシーツを剝がし、丸めて寝室から運び出す。その後ろを、忠雄は少しフラつきながら歩いた。

彼女はパンティこそ穿いていないが、ワンピースを着ている。一方、忠雄はブリーフもズボンも脱いだフルチンだった。

みっともないのは承知の上ながら、オナニーをして精液を飛ばすところまで見られたのである。今さら隠したところで意味はない。

それに、まだカウンセリングは終わっていないのだ。

シーツは浴室のほうに持っていくとわかったので、忠雄はリビングで待った。しばらくして戻ってきたかなえが、こちらを見るなり目を丸くする。

「え、穿いてないんですか？」

二度も昇りつめたし、彼女はあれで終わったつもりでいたのだろうか。

「あ、いや」

冷静な反応をされ、忠雄はうろたえた。エヘンと咳払いをし、

「とりあえず、坐ってください」

と、ソファーを勧めた。

「はい……」

戸惑いを浮かべつつ腰をおろした若妻の左隣に、忠雄も尻を据える。自分ばかりが下半身まる出しなのに、今さら居たたまれなさを募らせながら。

「先ほど、ここでも旦那さんとオナニーをしていると言いましたよね？」

「ええ」

「私ともしていただけませんか？　たぶん、佐久間さんの望まれている答えが、そこにあると思いますので」

これに、彼女は半信半疑の面持ちで首をかしげた。それでも、わざわざカウンセラーに自宅まで来てもらった手前、従う必要があると考えたのか、

「わかりました」

承諾して、前のテーブルの上にあったリモコンを手に取った。

大画面のテレビと、下の台に設置してあったプレイヤーの電源が入る。かなえがボタンを押すと、入れっぱなしだったディスクが再生された。

《ああーん》

いきなりなまめかしい声がスピーカーから流れ、画面に女性の裸体が映し出される。アダルトビデオであった。

「なるほど、こういうのを見ながら気分を高めて、旦那さんとオナニーをするわけですね」

「はい」

かなえが恥ずかしそうに目を伏せる。寝室で連続して果てたあと、すっかり冷めた様子だったのに、桃色動画を目にするなりいやらしい気分になったようだ。

(ひょっとして、条件反射なのかな)

いつもこんなふうに淫らなひとときを過ごしているものだから、肉体が自然と反応してしまったのかもしれない。

作品は濡れ場ばかりを集めた総集編のようだ。忠雄もネットで購入したことがある。長時間の収録で、何人もの女優を愉《たの》しめる上に安いから、お買い得なのだ。

加えて、余計なインタビューやドラマ部分はカットされているから、オナニーのオカズにはぴったりと言える。

すぐにセックスシーンが映ったのは、前回停止した続きからレジューム再生されたからだろう。肝腎なところはモザイクが入っているけれど、隣に女性がいるのである。見たければ、実物を見せてもらえばいい。

もっとも、忠雄はまだ、かなえのアソコをちゃんと見ていなかった。

「あん……いやらし」

若妻がつぶやく。画面ではバックスタイルで貫かれる女優が、あられもなくよがっていた。

裸にエプロンのみという格好だから、人妻の設定らしい。それにもシンパシーを得ているのではないか。

(こういうのを見て、旦那さんは裸エプロンの奥さんを犯したいって考えないんだろうか……?)

かなえは興味を惹かれている様子だから、セックスが普通にできるようになれば、こんな格好で夫を誘惑するかもしれない。

彼女の裸エプロン姿を想像し、忠雄は胸がチリチリと焦がれるのを感じた。一緒にオナニーをし、同時に昇りつめたことで、すっかり情が移ってしまったらしい。会ってもいない夫に妬《ねた》ましさを覚えたのだ。

さりとて、この場では夫婦がうまくいくように導くのが、カウンセラーとしての務めなのである。

隣を見れば、かなえの息づかいがはずんでいる。無意識になのか、手がワンピースの裾《すそ》をそろそろとたくし上げていた。

そんな姿を見て、忠雄の情欲も高まる。海綿体に血液が舞い戻り、回復の兆《きざ》しを見せつつあった。

「オナニーをしましょう」

声をかけると、細い肩がピクッと震える。それではずみがついたか、彼女は一気にスカート部分をめくった。

ふわっ——。

甘酸っぱい匂いがたち昇る。ノーパンゆえ、剝き身の女芯から放たれたであろうそれは、オナニー後の淫らな名残に違いなかった。

ナマ白い下腹には、黒い恥叢が逆立つ。腿が閉じられているため、秘め園は確認できない。仮に脚を開いていても、角度的に難しいであろうが。

その部分に、白魚《しらうお》の指が差しのべられる。

「あふ」

かなえが膝を離して喘ぐ。指が敏感なところを捉えたのだ。

忠雄もまだ軟らかな分身を握り、ゆるゆるとしごいた。アダルトビデオと、若妻オナニーの両方に視線を走らせながら。

「むぅ」

こぼれる呻きを抑え込む。感じている声を、かなえに聞かれるのが恥ずかしかったからだ。

とは言え、彼女の目は真っ直ぐテレビ画面に向けられている。今はアダルトビデオに夢中のようだ。

そんな姿も健気《けなげ》に映り、血液の流れが活発になる。おかげで、一分とかからずに再勃起を果たせた。

「これを見てください」

声をかけると、かなえがこちらを向く。すぐさま視線を下に向けたから、どこを見てほしいのかわかったのだろう。

「え、もう？」

頭部を赤く腫《は》らした牡器官に、彼女は目を瞠《みは》った。

ふたりでオナニーをするとき、夫は複数回、精を放つのが当たり前とのこと。しかし、ここまで回復は早くないのか。

勝てた気がして、忠雄は嬉しくなった。

「佐久間さんのいやらしい姿を見て、こんなに元気になったんですよ」

そう言うと、彼女は恥じらって目を伏せた。

「……嘘です、そんなの。ビデオを見て大きくなったんでしょ？」

「違います。あんな大袈裟な演技よりも、本当に感じている佐久間さんのほうが、ずっと魅力的です」

褒められて嬉しかったようだ。かなえがはにかんだ笑みをこぼす。ふたりの心が通い合うのを感じた。

これなら大丈夫だろうと、忠雄は新たなステージへと進んだ。

「佐久間さんたちは、お互いにさわり合ったりしないんですか？」

「え、さわり合う？」

「オナニーもいいですけど、相手の気持ちいいところをさわってあげたほうが、もっと感じると思いますよ」

提案に、かなえは戸惑いを浮かべた。

「だけど、したことがないので、うまくできないと思います」

「誰だって最初からうまくできませんよ。要は経験を積めばいいんです」

「経験……」

「それに、旦那さんがこれをしごくところをずっと見てきたんですから、ある程度はわかるんじゃないですか？　きっとすぐに慣れると思いますよ」

オナニーをするぐらいならペッティングをすればいいのにという疑問は、ずっとあった。それをしないのは、夫を満足させる自信がないせいではないかと、密かに推測していたのである。

今も彼女は、《そうかしら》と半信半疑の面持ちを見せている。

「佐久間さんは、旦那さんを歓ばせてあげたいんですよね」

「もちろんです」

「だったら、私で練習してください」

「え、いいんですか？」

かなえが一転乗り気になる。もともと練習台が欲しかったと見える。

セックスができないことについて、彼女にも罪悪感があるのだろう。とは言え、別の方法で満足させたくても、処女で嫁いだから何のテクニックもない。しかも夫は見せ合いオナニーで満足している様子だから、ますます手が出せなくなったのだ。

よって、愛撫の仕方を試す機会を与え、自信をつけさせればいい。

「とりあえずやってみましょう。さ、どうぞ」

忠雄はペニスから手を離した。反り返るモノを見せつければ、若妻が目を輝かせる。

「じゃあ、お借りします」

秘部からはずされた手が、そのまま屹立へと向かった。

彼女の指は濡れていた。まといついた愛液が、鈍い光を反射させている。それが筋張った筒肉に巻きつくなり、悦びが体幹まで染み入った。

「ううう」

目のくらむ快感に、忠雄は呻いた。ずっと自分で握っていたせいか、かなえの手が殊《こと》の外《ほか》よかったのである。

「あん、すごく硬い」

握り手に力が込められ、ますますたまらなくなる。

「佐久間さんの手、すごく気持ちいいです」

「……そうですか？」

「ええ。ほら、わかるでしょ」

肉根を雄々しく脈打たせると、彼女が「え、すごい」と目を丸くする。

「気持ちいいから、こうなるんです。射精するときだって、ペニスはこんなふうに脈打ちますよね」

「ええ」

「今も佐久間さんに握られただけで、たまらなくなってるんです」

かなえが満更《まんざら》でもなさそうに頬を緩める。男に快感を与えられていると知り、これなら満足させられそうだと思い始めているのではないか。

「手を動かしてみてください」

「こうですか?」

握り手が、おっかなびっくりというふうに上下する。

(そっか……初めてするんだよな)

箱入り娘ゆえ、知識はあっても行動に移せずにいたのだろう。

夫も清らかな女性だとわかっていたから、ペニスを握らせなかったのかもしれない。

無事に結ばれたあとで、徐々に慣れさせるつもりだったとか。

なのに、初夜で激しく痛がり、セックスを拒まれるようになった。そのため、さわらせるのを躊躇《ちゅうちょ》し、オナニーに活路を見出したのではないか。

そんなことを考えるあいだにも、かなえは強ばりを小刻みにしごき続けた。

「何だか難しいです」

手を止めて、ふうとため息をつく。

「どこがですか？」

「これ、外側の皮がぐねぐねしてて、どうすればいいのかわからなくて」

「だったら、その皮を使って、中の芯を磨くみたいにしてください。アタマのほうもいっしょに」

アドバイスに従い、彼女が手を動かす。振れ幅を大きくすることで、うまくコツを摑めたようだ。

「ああ、こうすればいいんですね」

それまでは、くびれのところで指を止めていたのである。包皮を上げすぎたら、痛くすると思ったのか。

「すごく上手です。アタマのところは敏感なので、直にこするよりも、皮を使ったほうがちょうどいい感じなんです」

「なるほど。わかりました」

かなえの表情が明るく輝く。初めて触れた牡器官に、嫌悪の情は抱いていないようだ。ずっとオナニーを観察してきたおかげもあるのだろう。

また、射精を見たがったことから、好奇心が旺盛なのだとわかる。きっとこういう機会を待ち望んでいたのだ。

「すごくいいです。自分でするよりもずっと」

「そうなんですか?」

「はい。旦那さんにも同じことをしてあげたら、きっと喜んでもらえますよ」

かなえが嬉しそうに目を細める。夫婦関係に明るい光明が見えたようだ。

(佐久間さん、今夜にでも、旦那さんのチンポをしごいてあげるかもしれない)

これが仕事とは言え、忠雄の胸中は複雑だった。何だか切ない。彼女のことを、本気で好きになったというのか。

だとしても、到底叶わぬ恋である。これまで関係を持った年上女性たちと同じく、かなえともこの場限りで終わる運命なのだ。

ならば、たとえ短い時間でも、できうる限りの繋がりを持ちたい。

「私も佐久間さんのアソコをさわっていいですか?」

許可を求めると、彼女が即座にうなずく。自身も快感が欲しくてたまらなくなっていたのだろう。

手コキ奉仕の邪魔にならないよう、右手を太腿の狭間に入れる。中心部をまさぐれば、指にヌルッとした感触があった。

「あふ」

かなえが喘ぎ、若腰を震わせる。

女芯は熱く蒸れ、恥割れに多量の蜜を溜めていた。それを指に絡め取り、敏感な肉芽をこする。

「ああ、あ、そこぉ」

嬌声がほとばしった。狙いはどんぴしゃりだったらしい。

指を細かく振動させると、彼女は身を揺すって呼吸をはずませた。

「そ、それ……気持ちいい――」

「自分でするのと、どっちがいいですか？」

「……今のほうが」

望んでいた回答を得て、忠雄は嬉しくなった。

「これからはオナニーじゃなくて、お互いにさわり合って気持ちよくなったらいいと思いますよ。そうすれば、セックスへの恐怖も薄らぐでしょうし」

「そうでしょうか？」

かなえの表情がわずかに曇る。牡器官を受け入れることには、未だに抵抗があると見える。

「ええ、きっとだいじょうぶです」

などと言いながら、心の奥底ではうまくいかないことを切望する忠雄であった。セックスができず、夫婦仲が壊れたら自分が代わりにと、都合のいいことも考える。

クチュクチュ……。

上下する包皮に巻き込まれて、カウパー腺液が泡立つ。それは若妻のしなやかな指も濡らした。

「あん、お汁がこんなに」

かなえが悩ましげに眉根を寄せる。それがどういうものか、わかっているのだろう。

「佐久間さんのここも、すごく濡れてますよ」

わざと音を立てるように指を蠢《うごめ》かせると、彼女が「いやぁ」と嘆いた。多量のラブジュースが溢れている自覚があるようだ。

「あの……もうちょっと強めにしてください」

積極的に求めたのは、快感がほしくなってきた証である。リクエストに応えて、コリコリしてきたクリトリスを圧迫すると、

「ああっ、き、気持ちいいッ」

と、高いトーンのよがり声がほとばしった。

ソファーの上で若妻と寄り添い、愛撫を交わす。もはや視線がテレビに向けられることなく、流れっぱなしのアダルトビデオはＢＧＭに成り果てていた。

「せ、先生のペニス、すごく硬くなってますよ」

かなえが手を休ませることなく言う。

「もう射精しそうなんです。このまま出してもいいですか？」

「はい……あの、わたしもイカせてください」

「わかりました」

彼女がどのぐらい高まっているのか、忠雄はなんとなくわかった。オナニーのとき、絶頂が近くなると握りを強め、摩擦運動も速まるが、そんな感じで男根奉仕の手つきが差し迫っていたのである。自身が昇りつめそうだから、愛撫の動きもせわしなくなったのだろう。

（うう、気持ちいい）

感じさせられ、濡れた指で秘核を強くこする。それがかなえを上昇させ、回り回って忠雄も頂上に迫りつつあった。要は他者を介してオナニーをしていたのである。

だからこそ、彼女もイキやすかったのであろう。

「あ、も、もうイキます」

かなえがハッハッと呼吸を荒くする。愉悦が極まった中、屹立を激しくしごいた。

それにより、忠雄も限界を突破する。

「おおお、で、出る」

「イヤッ、イクっ、イッちゃう」

ほぼ同時に達し、腰をガクガクとはずませる。ふたり掛けのソファーが壊れそうに軋んだ。

「イクイクイクぅ！」

アクメ声を放ってのけ反る若妻の隣で、忠雄は二回目とは思えない濃さのエキスを噴きあげた。

「むはッ」

息の固まりが喉から飛び出す。腰や太腿が、ビクッ、ビクッと痙攣した。

射精するあいだ、かなえのほうも最上の悦びに翻弄されていたのに、手を動かし続けてくれた。

「あ、あっ、ああっ」

と、まるで自身がほとばしらせているかのような声を上げながら。夫のオナニーを数え切れないほど目撃して、そうするのが快いとわかっていたのだろう。

ザーメンは前のテーブルまで飛び、忠雄の大腿部や、かなえの綺麗な手も汚した。そこからたち昇る青くささが、絶頂後の気怠さを増幅させる。

「……またいっぱい出ましたね」

かなえが掠《かす》れ声で言う。白濁の粘液がまといついた彼女の右手は、なおもゆるゆると動いていた。

過敏になった亀頭が、くすぐったさの強い快感にまみれる。おかげで余韻が長引き、海綿体も血流を逃すタイミングを失ったのだろうか。

「え？」

牡の棒が強ばりきったままであることに気がつき、かなえが疑問を浮かべる。

「これ、全然小さくなりませんよ」

「佐久間さんの手が、気持ちよすぎるからです」

はずむ息づかいの下からどうにか答えると、彼女は悩ましげに眉根を寄せた。

「でも、あんなに出したのに、こんなに元気なんて……」

ひと晩に複数回の射精をこなす夫ですら、出したあとも勃《た》ちっぱなしということはなかったのか。

するとと、若妻が何かを決心した面持ちになる。

された。

「……わたし、今なら――」

ペニスを解放して立ちあがり、ワンピースをたくし上げる。裸の下半身が大胆に晒された。

(え?)

突然のことに動けなくなった忠雄の膝を、彼女が跨ぐ。そそり立つモノを逆手で握り、その真上に腰を移動させた。

かなえが何をしようとしているのか、忠雄は瞬時に理解した。けれど、まさかという思いが強い。とても信じられなかったのだ。

強い意志に駆られていたらしき彼女は、少しも躊躇せずヒップを下ろした。精液をまといつかせた、凶悪な肉器官目がけて。

ぬるん――。

牡の漲りは抵抗なく、温かな洞窟に呑み込まれた。

「はうぅっ」

苦しげな声が、かぐわしい吐息とともに顔に吹きかかる。かなえは背すじをピンとのばし、身を堅くした。

「さ、佐久間さん、大丈夫ですか?」

甘美な締めつけを浴びつつも気遣えば、彼女がゆっくりと瞼を開く。

「……はい。平気です」

ふうと息をつき、緊張を解く。忠雄の上で、悩ましげに腰をくねらせた。

「入っちゃいましたね、ペニス」

体内のものの感触を確かめるように、膣肉をキュッキュッとすぼめる。

「だけど、どうして？」

快感に身をよじりながら訊ねると、若妻が気まずげに頬を緩めた。

「何だか、今ならできそうな気がしたんです」

思い切った行動が、功を奏したわけか。愛液に精液と、潤滑物もたっぷりだったし。何より、昇りつめたあとで、蜜芯が程よくほぐれていたおかげもあったろう。痛みもまったくなさそうだし、破瓜の傷はとっくに癒えていたと見える。

「何だか、怖がっていたのがバカみたい。こんな簡単なことだったんですね」

かなえの笑顔に、忠雄は胸が熱くなった。愛しさがふくれあがり、抱きしめたくなる。ところが、

「これなら、夫ともちゃんとセックスができそうです。ありがとうございました」

礼を述べられ、差しのべかけた手を引っ込める。何のことはない。夫婦生活がうま

くできるよう、助けてしまったのだ。

「い、いいえ、これが仕事ですから」

落胆を包み隠し、取り繕《つくろ》って答える。

(結局また、この場限りの関係なのか……)

やるせなさを覚えつつも、彼女の中で分身が雄々しく脈打つ。このまま気持ちよくなりたいと、駄々をこねるみたいに。

「あん、先生のペニス、とっても元気」

嬉しそうに目を細め、かなえが優しくハグしてくれた。

「このまま出してください。わたしの中に」

そう言って、ヒップを上げ下げする。手で射精に導いたことで、どうすれば男が快いのか、体で理解したのだろう。

「い、いいんですか?」

「はい。わたし、生理が重いから、ピルを飲んでるんです」

ピルの服用によって経血が少なくなると、本で読んだことがある。だから月のモノが来ても、オナニーができたのだろう。

それはともかく、妊娠させる心配がないとわかっても、忠雄はむしろ残念であった。

惚《ほ》れた女に種付けをしたいというのが、男の本能なのだから。

それでも、徐々に巧みになる若妻の腰づかいに、忠雄は上昇を余儀なくされた。

「気持ちいいです。すごく――」

「はい。もっとよくなってください」

彼女は若尻をぷりぷりと振り立てて、年上の男を愉悦に漂わせる。セックスが怖くて夫を拒んでいたのが嘘のような、リズミカルな腰づかいだ。

（うう、たまらない）

忠雄はぐんぐん上昇した。

正面にある美貌は頰を紅潮させ、いっそう愛らしく映る。半開きの唇からこぼれるかぐわしい息にも、情感を高められた。

（キスしたい――）

若妻の唇を奪いたくなったものの、忠雄は我慢した。きっと拒まれる気がしたし、そこは夫婦の聖域だと思えたから。

（セックスができたんだし、それでいいじゃないか）

切なさを堪え、自らに言い聞かせる。

「も、もう出そうです」

急速に高まる予感に、忠雄は呼吸をはずませた。

「いいですよ。射精してください」

ヒップが忙しく上げ下げされ、オルガスムスを呼び込む。

かなえのほうは、さすがに二回目のセックスで、快感を得ることはなかったようである。それでも、男を感じさせることで、心理的な愉悦を高めていたらしい。

「あああ、い、いく」

蕩ける歓喜の中、忠雄が三度目の精を膣奥に放つと、彼女は満足げに「ああーん」と艶声をあげた。

第四章　着物を乱す熟女

1

「わたし、もしかしたら満たされていないんでしょうか？」

ため息交じりの問いかけに、忠雄は「はあ」と気乗りのしない相槌《あいづち》を打った。

今日の相談者は、三十六歳の女性である。名前は西川絢子《にしかわあやこ》。自宅でクラフトワーク――ハンドメイドの工芸品作りの教室を開いているという。また、生け花の造詣《ぞうけい》もあって、最近はそちらも教えているそうだ。

着物姿なのは、今日も午前中に生け花教室を開き、そのあとで来たためであるらしい。落ち着いた色合いの和装が似合う美熟女は、なるほど、花を生ける姿がいかにもサマになりそうだ。公共放送の朝の顔である、ベテランの女性アナウンサーにもちょっと似ている。

かと言って、お堅い感じはしない。穏やかな面差しは慈母のようで、男なら甘えたくなるタイプの女性であろう。第一印象では、カウンセリングを受ける必要性など感じなかった。

クラフトワークも生け花も、ご近所の主婦を中心に生徒は多いという。みんな、ものを作ったり、花を生けたりするのを楽しんでいると、絢子は笑顔で語った。教え甲斐もあって、和気あいあいと楽しい時間を過ごしているとか。

独り住まいなので、月謝収入だけで充分に生活ができる。他に貯えもあって、先々への不安もないとのこと。

なのに、時おりふと寂しくなったり、テレビドラマのちょっとしたシーンで涙がこぼれたり、わけもなくイライラしたりと、情緒不安定になることが増えている。絢子はやるせなさげにそう述べた。

そして、冒頭の言葉へと繋がるわけである。

(それって欲求不満じゃないのかな)

忠雄の中で、すでに結論は出ていた。

三十六歳で独身。熟れた肉体を持て余し、日々悶々としているからこそ、そういう心持ちになるのだろう。

単純に、独り身だから欲求不満だと決めつけたわけではない。彼女にはかつて夫がおり、離婚したバツイチ女性だと知ったからこそ、その結論に至ったのである。

(結局のところ、旦那さんとのセックスが忘れられないんだよ)

いささか荒《すさ》んだふうに考えたのは、忠雄自身が似たようなものだったからだ。要は自己の投影である。

ここでカウンセリング専門のクリニックを開いて以来、三人の女性相談者と肉体関係を持った。

人妻の亜由美は、自分から積極的に忠雄のモノを握ってきた。結婚を控えた桃果は、婚約者以外の男を知りたいとセックスを求めた。新妻のかなえは初夜のトラウマから夜の営みができず、夫婦でオナニーをしていた。

もしかしたら、彼女たちはそれぞれ、真剣に悩んでいたのかもしれない。けれど、忠雄と一度関係を持っただけで、カウンセリングが終了したのだ。

結局のところ、ヤレたらそれでよかったのかよと、不満を抱くのも致し方ない。そのせいで、絢子も彼女たちと同じなのだろうと、色眼鏡で見てしまったのだ。

「ところで、元旦那さんと離婚されて、どれぐらい経つんですか？」

己の出した結論に導くべく、忠雄は質問を投げかけた。

「もう三年になります」

「結婚生活そのものは、何年ぐらいあったんでしょうか？」

「八年ですね」

つまり、二十代の半ばから三十三歳まで、セックスをしていたわけである。当然、女の歓びにも目覚めていたであろう。

しかも、いよいよ女盛りというところで、パートナーを失ったのだ。

（うん、決まりだ）

忠雄は心から納得したものの、彼女のほうはまったく自覚していないと見える。どこか怪訝な面持ちだ。

ならばと、別の質問をぶつける。

「おひとりになってから、男性とのお付き合いはありましたか？」

「いいえ、特には」

「特には？」

「まったくありません」

そう言って、絢子が胸をはる。当然ですと言いたげに。

「あの、つかぬことを伺いますけど、離婚の原因というか、理由は何だったんでしょうか？」

「浮気です。元夫の」

絢子は少しも迷わず、あっさりと答えた。

「会社の部下の子と関係を持ったんです。しかも、一度や二度じゃなく、一年もの長いあいだ」

そのときのことを思い出したのか、絢子の美貌が険しくなる。これはこれで色っぽいなと、忠雄は密かに感心した。穏やかな表情のときには甘えたくなったが、今はいっそ叱られたい。

「どうして浮気をしてるとわかったんですか？」

「メールを見つけたんです。ふたりのあやしい関係を綴《つづ》ったものが。遡《さかのぼ》ったら、一年も前から続いていたとわかったんです」

おそらく携帯メールかアプリのやり取りなのだろうが、たまたま見つけられるような代物ではない。何かあると怪しんで、調べたら出てきたというところではないか。

(このひと、けっこう嫉妬深そうだものな)

着物姿のためか、昔ながらの女の情念みたいなものを感じる。

「それで、どうされたんですか？」

「どうも何も、即離婚です。わたし、浮気をしたら別れると、結婚する前から言ってましたので」

実際に浮気が判明したから、迷いなく別れたのか。前もって宣言していたとは言え、かなりの決断力である。

そのとき、不意に気がつく。

「あの、先ほど、貯えが充分にあるような話をされていましたが、もしかしたらそれって慰謝料――」

「ええ、そうです。元夫からたっぷりせしめましたし、相手の女からも、夫婦関係を破綻させた責任を取れと訴えて、骨の髄まで絞り取って差し上げました」

さらりと物騒なことを言う。絶対に敵に回してはいけないタイプの女性だ。

「そうすると、離婚されたあとに男性とのお付き合いがなかったのは、男はもう懲り懲りという思いがあったからですか？」

この問いかけに、バツイチ熟女が眉をひそめる。

「べつに懲り懲りなんてことは……」

口ごもるように言ったから、男嫌いになったわけではなさそうだ。だとすれば、やはり求める男が身近にいないことがもどかしいのではないか。

「そう言えば、クラフトワークや生け花の教室に、男性の生徒さんはいらっしゃるんですか？」

「ええ、もちろん」

「おいくつぐらいの方ですか？」

「みなさん、定年退職後に趣味を持とうとして始めた方ばかりですので、六十代から七十代の方ですね」

それでは恋愛対象にはならないし、肉体だけの関係も無理だろう。

(やっぱりセックスができなくて、欲求不満なんだな)

これで確定だとひとりうなずいたとき、

「あの……」

絢子が訝《いぶか》る顔つきで眉をひそめる。

「あ、はい。何でしょうか？」

「先ほどから、先生はわたしについて、何か決めつけているように感じるんですけど。そういう流れで質問をしていませんか？」

忠雄はドキッとした。意図を見抜かれてようやく、カウンセラーとして不適切な問いかけをしてしまったと気がつく。

さりとて、それを認めてしまったら、非難されるのは確実だ。

「いえ、そんなことはありません。あくまでも西川さんの内面を明らかにするための質問です」

きっぱりと告げたのは、弱みを見せないためであった。

だが、彼女は八つも年上なのである。人生経験も豊富だし、男の内面など容易に見通せたのではないか。

実際、夫の浮気も暴いたのだから。

「そんな誤魔化しが通用すると思って？」

キッと睨みつけられ、忠雄は怯んだ。あ、まずいと思ったのが、顔にも出たようである。

「やっぱり……」

うなずかれて、いよいよ追い詰められた気分になる。

カウンセラーは、相談者の心の内側を明らかにする必要がある。そのためには、共感の態度こそ見せても、安易な誘導をしてはならないのだ。

忠雄は、その禁を犯したのである。

「先生は、わたしが男を求めていると思ってるんでしょ」

疑問ではなく断定の口調で言われ、反射的にうなずきそうになる。

「いいえ。私はただ、西川さんが何をどう満たされていないと感じているのか、足りないものを見極めようとしただけです」

「それが男性だとおっしゃりたいのね。つまり、欲求不満だと。性的に満たされていないのが原因だというんですね」

「え、そうなんですか？」

「ち――違います」

否定しながらも、絢子がわずかに怯んだのを、忠雄は見逃さなかった。

「本当ですか？　西川さんは実際に男性を求めているのに、それが私の偏見であるかのように誤魔化しているみたいなんですけど」

「まさか。わたしはそんな女じゃありません。見くびらないでください。男なんて、もう懲り懲りなんですから」

「あれ？　さっきは、そんなことないっておっしゃいましたよね」

矛盾を突かれて、彼女の頰が紅潮する。唇をワナワナと震わせ、それ以上何も言えなくなった。

（よし、助かった）

忠雄は安堵した。かなり邪道なやり方であったが、どうにか欲求不満だと認めさせられたようだ。

そう判断したのは、どうやら甘かったらしい。

「――証拠があるんですか？」

だいぶ間を置いてから、絢子が噛み締めるように言う。

「え、証拠？」

「わたしは欲求不満なんかじゃありません。男性なんて求めていませんし、酷い言いがかりです」

言いがかりだなんて、それこそ酷い決めつけだ。おまけに、

「先生は、本当にカウンセラーの資格がおありなんですか？　とても信じられません。わたしのことだって、ちっとも理解していないようですし。なのにお金を取るなんて、詐欺みたいなものだわ」

と、侮辱の言葉を投げかけてきた。

「詐欺っていうのは、ちょっと失礼じゃないですか？」

感情を抑えてたしなめたものの、かえって彼女の怒りに油を注いだらしい。

「本当のことですわ。詐欺師でご不満ならインチキです」

憤慨の面持ちで言い返す。ここまで憤りをあらわにしたのは、事実を言い当てられたからに他ならない。

「とにかく、わたしは欲求不満なんかじゃありません」

「だったら、それを証明してさしあげましょうか？」

「できるものならやってごらんなさい。わたしは先生に何をされたって感じないし、いやらしい気持ちにもなりませんから」

こういうのを、売り言葉に買い言葉という。しかし、そこまで露骨な反論をされるとは、さすがに忠雄も予想できなかった。

（自分が何を言ったのか、わかってるのか？）

絢子は小鼻をふくらませ、こちらを睨みつけていた。あくまでも挑発的な態度に、そっちがその気ならという心境になる。

「わかりました。それでは、私が是が非でも認めさせてあげます」

忠雄が立ちあがると、彼女がハッとして身じろぎをする。妙なことになったと、ようやく気がついたのではないか。

ここで前言を撤回すれば、終わったはずである。ところが、もともと勝ち気な性格なのか、絢子は自らの発言を訂正しなかった。

「お好きにどうぞ」

不貞腐れたみたいに、ソファーの背もたれに上半身をあずける。おかげで、忠雄のほうも引っ込みがつかなくなった。

2

三人掛けのソファーの隣に腰をおろすと、熟女が身を堅くする。表情が強ばり、頬も引きつっていた。

やけに居丈高な態度を見せていたわりに、今の絢子は、男を前にして怯える生娘《きむすめ》のようである。もちろん本当にそうではなく、何をされるのかと警戒しているだけなのだろう。

それでも忠雄には、彼女が本当に怖がっているみたいに感じられた。

(もしかしたら、けっこう敏感なのかもしれないぞ)

なのに、絶対に感じないと大見得を切ったものだから、反応しまいと気を張っているのではないか。看破したとおりに欲求不満なら、我慢するのは至難のワザだというのに。

面白くなってきたぞと、忠雄はカウンセリング中であったことなどすっかり忘れて、胸を高鳴らせた。

とは言え、和装でがっちりと守られた女体は、正直手を出しづらい。どこから触ればいいのか、さっぱりわからなかった。

見えているのは首から上と、両手のみである。それでも、髪をきっちりと結っているため、横からでも首筋が確認できた。

(なるほど……うなじって、けっこう色っぽいんだな)

ほつれた髪が、絶妙なアクセントになっている。指に絡めて弄《もてあそ》びたくなった。

これまで、女性のうなじに注目したことはない。着物姿だからこそ、そこに色気を感じるのであり、和装の女性と親しく交流したことがなかったのだ。

忠雄は指を差しのべ、耳の後ろあたりをそっと撫でた。

「ヒッ」

絢子が息を吸い込むみたいな声を上げ、ガクンと身をはずませる。そこまであらわな反応があるとは予想もしなくて、忠雄は驚いた。

「なんだ、感じてるじゃないですか」

指摘すると、彼女が横目で睨んでくる。

「感じたんじゃありません。く、くすぐったかっただけです」

そう言って、薄く紅《べに》の塗られた唇を咬《か》む。もう反応しまいと、呼吸を抑えているのがわかった。

（素直じゃないな……）

そんなところが、やけに可愛らしく思える。八つも年上なのに。

忠雄は指先で、今度は髪の生え際をそっとなぞった。触れるか触れないかの、微妙なタッチで。

「く――」

絢子が奥歯を噛み締める。ぎりりと軋む音も聞こえた。

（ほら、感じてる）

ほつれ髪を指に巻きつけて遊び、さらに首筋をさわさわと撫でてあげると、ソファーの上で尻がくねりだした。もう、かなり気分が高まっている様子である。

「あ……ハァ」

息づかいも色っぽくはずみ出す。これなら先に進んでもよさそうだと、忠雄は手を下半身へと移動させた。

まずは、着物の上から太腿を撫でる。何重にもなった布地を介しても、むっちり具合と柔らかさが感じられた。

「あぅ」

絢子が小さな声を洩らす。強ばっていた面差しは、すでに柔らかく蕩《とろ》けていた。

(思った以上に敏感だぞ)

こんな調子では、男のいない生活など耐えられまい。

忠雄は和服を一枚一枚くつろげながら、手を内側へと差し入れた。名称はわからないが、外側の厚手のもの、真ん中の薄手のもの、そして、さらに薄いものをめくり、ようやく柔肌が現れる。

ふわ……。

甘いようなかぐわしさがたち昇る。熟女の肌が漂わせる、飾らないフレグランスであった。

(いい匂いだ)

ほのかに含まれる酸味は、汗の成分だろうか。午前中に生け花を教えていたそうだから、お手本として淑やかな立ち居振る舞いを示しながら、汗ばんだのかもしれない。

ということは、秘められたところはこれ以上に、いやらしい匂いをさせているのだろう。

それをすぐにでも暴きたかったが、事を急ぐのは禁物である。徐々に進めなければならない。

(ていうか、この人におねだりをさせなくちゃいけないんだよな)

いやらしいことをしてほしいと、彼女に言わせるのだ。それまでは我慢だと、とりあえず剝き身の太腿を撫でる。

「うう」

切なげな呻きがこぼれる。着物に包まれた熟れ腰が、ビクッとわななないた。

(こんなに敏感なのに、よく感じないなんて言えたな)

あるいは、こういう展開に持ってくるために、わざと挑発的なことを口にしたのであろうか。

手を少しずつ奥へと移動させる。内腿はしっとりして、肌が手に吸いつくようだ。濡れたシルクの趣である。

(綺麗な肌だな)

改めて実感する。きめ細やかで、水分もたっぷりというふう。

間近で観察すれば、顔にもシワが見当たらなかった。もちろんメイクをしているのだが、三十六歳でここまでとは、かなり貴重ではなかろうか。

なのに、元夫は若い女と浮気をしたという。男の欲望に際限はないのだなと、忠雄は思った。もちろん、自身も含めてであるが。

いつの間にか、絢子は膝を離していた。無意識に愛撫を求めたのであろう。秘められたところに近づくと、指に蒸れた熱気が感じられる。すでに多量の愛液をこぼしていそうだ。

そうとわかっていながら、忠雄が手を引っ込めたのは、熟女にはしたないことを言わせるためであった。

「え？」

絢子が戸惑いを浮かべてこちらを見る。どうしていじってくれないのと、顔に書いてあった。

それでも、自ら求めることはできないらしい。ぷいと顔を背けた。

「こっちもさわりますよ」

苦笑しつつ、忠雄は胸元に手を移した。

着物でがっちりとガードされているため、上から触れても乳房の柔らかさが感じられない。襟元から手を入れて、少しずつ進む。

「もう……」

バツイチ美女が、焦れったげにため息をつく。早く直にさわってほしいのだ。だったら帯を緩めるなりすればいい。それだと自ら求めることになるから、やはりできないようである。

そちらも三重になったガードをどうにかくぐり抜け、忠雄はようやく乳房を手中におさめた。

(うわ、すごく柔らかい)

スライムを思わせる軟乳は、熟れすぎた果実のようでもある。頂上の突起もグミみたいで、味わったらきっと甘いに違いない。

「うう」

絢子が呻き、身を震わせる。ナマ乳に触れられただけで、切なくなっているのか。

「おっぱいを吸ってもいいですか？」

はっきり言葉で求めたのは、それなら彼女も応じやすいだろうと思ったからだ。

「子供じゃあるまいし」

なじりながらも襟元を緩め、着物を乱してくれる。本音はしてもらいたいのだ。

軟らかだから取り出しやすかったようで、片乳があらわになる。淡い褐色の乳暈は小さめながら、乳首はぷっくりと存在感があった。

「はい、どうぞ」

声音は投げやり気味でも、面差しに期待が溢れている。早く吸ってと、胸の内で強く求めているに違いない。

無言のリクエストに応えて、忠雄は頂上の突起に吸いついた。

「あひッ」

鋭い嬌声がほとばしる。即座に口を結んだようで、「むーむー」とくぐもった呻き声になった。

しかし、そんなことはこの際どうでもいい。

(ああ、美味しい)

忠雄はチュパチュパと音を立て、乳頭を味わった。

最初に感じたのは、かすかな塩気であった。続いて、ミルクのような甘みが舌に広がる。

味そのものは、かなり淡い。それでも、着物を乱した美熟女のおっぱいを吸うというシチュエーションが、実際の味覚以上の旨味を感じさせた。

そのため、夢中で舌を躍らせたのだ。

「あ——あふっ、ううう」

絢子は溢れる喘ぎ声を、懸命に抑えているふうだ。肉体の疼《うず》きが下半身にも及び、秘園はしとどになっているに違いないのに。

(まったく、強情な人だ)

あきれつつも、クリクリと硬くなった乳首を転がす。

「あ、あ、あ」

とうとういやらしい声がこぼれだした。

「ほら、感じてるじゃないですか」

口をはずして指摘すると、彼女が濡れた目で睨んでくる。

「違います。くすぐったいだけです。わたし、子供がいないから、おっぱいをあげたことなんてないんですから」

慣れていないからこそばゆいと言いたいらしい。無理のある理屈に、忠雄はやれやれと思った。

「だったら、四つん這いになってください」

「え?」

「西川さんが感じてるのを、証明しますから」

言われて、絢子は怖ず怖ずと腰を浮かせた。まるで、操《あやつ》られているかのように。

(そろそろ欲しくなってるみたいだな)

もはや逞《たくま》しいモノで貫かれないことには、収まりがつかなくなっているのではないか。だからこそ、命じられるままに行儀の悪い格好をしたのだ。

「ああ」

淑やかな和装でソファーに膝と肘をつき、絢子が嘆いた。高く掲げたヒップを、もどかしげに揺する。

(うう、いやらしい)

多少は着付けが乱れていても、肌はほとんどあらわになっていない。なのに、やけにそそられる。

忠雄は着物の裾を大きくめくり上げた。内側の薄手のものと、肌着もまとめて。

「いやぁ」

羞恥の嘆きと同時に、ナマ尻が全貌を晒した。着物のときはパンティを穿かないというのは、本当だったのか。

(おお、すごい)

つきたてのお餅をそのまま丸めたかのような、たっぷりとしたサイズ。触れなば落ちんという、熟れた趣も感じられる。

むわ――。

濃密な女くささが漂う。煮込んだ果実を連想させるそれは、密園が放つものに相違なかった。

その部分はぷっくりと盛りあがり、肉厚の花びらがはみ出した縦割れを、短い縮れ毛が疎らに囲んでいる。内側に赤みの強い粘膜が覗き、イチジクの実を割ったようでもあった。

そして、全体に透明な液体がまぶされ、細やかな光を反射させていたのである。

「ほら、濡れてるじゃないですか」

忠雄が告げると、絢子がかぶりを振る。

「う、嘘です。濡れてません」

「嘘じゃないです」

指を差しのべ、恥割れの中心をなぞる。

「はひっ」

熟れ尻が感電したみたいに震えた。

「ここ、ヌルヌルになってますよ」

愛液を絡め取り、指でかき回す。クチュクチュと卑猥な音がこぼれた。

「それは……あ、汗です」

この期《ご》に及んで、苦し紛れの言い訳をする。強情を通り越して、もはや頑固だ。

(ええい、だったら)

忠雄は恥苑の指をはずし、代わって口をつけた。

「え？」

絢子が怪訝そうな声を洩らす。何をされたのか、すぐにはわからなかったらしい。

それでも、濡れ割れに舌を差し込み、抉《えぐ》るようにねぶることで、断りもなくクンニリングスをされたのだと察したようだ。

「だ、ダメッ」

左右にくねって逃れようとする熟れ尻を、忠雄は両手でがっちりと抱えた。むせ返るような女淫臭にも劣情を高めながら、舌を高速で律動させる。

「イヤイヤ、そ、そこ、きたない……」

洗っていない秘部を舐められることに、抵抗があるようだ。少しもおとなしくならず、身をよじって抗う。

(ええい、おとなしくしろ)

忠雄は苛立ちのあまり、豊臀をぴしゃりと叩いた。途端に、

「きゃふっ」

甲高《かんだか》い悲鳴をこぼし、熟女が身を強ばらせた。

(しまった、つぃ――)

やりすぎたかと、首を縮める。

ところが、咎められることはなく、絢子はすっかりおとなしくなった。切なげな吐息をこぼし、女芯をキュッキュッとすぼめる。

強く出られると、案外弱いのかもしれない。ともあれ、これならいいと舌奉仕を再開させると、

「あ……あん、んぅうう」

くぐもった喘ぎ声がこぼれる。彼女はソファーに顔を埋めているようだ。これで心置きなく感じさせられる。

忠雄は敏感な肉芽を狙い、尖らせた舌先でほじった。

「むうっ、ううう」

絢子がよがる。声こそ抑えているようながら、裸の腰回りがビクッ、ビクッと痙攣するのは、どうすることもできなかったようだ。

蜜汁も粘つきを増し、トロトロと間断なくこぼれる。甘みを増したそれは、目で確認すると白っぽく濁っていた。

(もう、たまらなくなってるみたいだぞ)

だったら、こうしたらどうだろう。忠雄は舌を膣口に侵入させ、クチュクチュと出し挿れした。

「ふはぁあああっ！」

美熟女がのけ反り、極まった声をほとばしらせる。もっちりした臀部にもさざ波が生じた。

(やっぱり中が感じるのか)

忠雄は陰部から口をはずすと、今度は指で蜜穴を犯した。

「あ、だ、ダメ」

艶腰がくねる。ヒダの多い膣が、ピストンする指をキュウキュウと締めあげた。

「そ、それ――しないでぇ」

もはや感じていないとは言い張れないほどに、彼女は乱れた。

呼吸を乱し、頭を左右に振る。きちんとまとめていた髪が半分がたほどけ、はらりと垂れ下がった。

内部もいっそう熱くなる。攪拌《かくはん》されて泡立ったラブジュースが、出し挿《い》れさせられる指にべっとりとまといついた。

(これ、すごく気持ちよさそうだぞ)

ペニスを挿入したら、くびれがヒダをぴちぴちとはじいて、かなりの快感が得られそうだ。何より、締まりが強烈である。

(ああ、やりたい)

一刻も早く交わりたい。分身はブリーフの中で脈打ち、熱い粘りをこぼしていた。

「どうですか？　かなり感じてるみたいですけど」

声をかけたのは、おねだりをさせるためである。

「そ、そんなこと――」

「感じてないんですか？　だったらやめますね」

指を抜くと、絢子が「ああーん」と嘆く。

「ど、どうして？」

振り返った美貌は、泣きそうに歪んでいた。

「どうしてって、感じてもらえないのなら、続ける意味がありませんから」

冷たく突き放すと、彼女が迷いを浮かべる。プライドと欲望を秤《はかり》にかけているのだ。

目の前の女芯は、物欲しげに収縮している。そこから白く濁った蜜汁が、トロリと滴《したた》った。

「……や、やめないで」

絞り出すような声が聞こえた。

「え、何ですか？」

「やめないで、もっと続けてください」

忠雄は背すじがゾクゾクするのを覚えた。高慢な年上の女に、とうとうおねだりをさせたのである。

けれど、まだ足りない。もっとはしたないことを言わせたい。

「続けるって、何をすればいいんですか？」

「だから……指を挿れて」

「どこに？」

この問いかけで、彼女も察したのではないか。忠雄がいやらしいことを言わせようとしているのだと。

「それは――」

「ちゃんと言ってもらわないとわかりません。ひょっとして、ここですか？」

褐色のツボミ——アヌスをちょんと突く。

「ひッ」

放射状のシワが、キュッとすぼまった。

「ち、違います！」

「だったらどこですか？　ちゃんと名称を言ってください」

忠雄はわくわくしていた。和服の似合う淑やかな熟女は、果たしてその部分をどう呼ぶのかと。

「い、意地悪」

嗚咽《おえつ》交じりに非難しても、快楽への欲求は抑えられなかったようだ。

「……ち——膣に」

「え？」

「膣に指を挿れてください」

まさかそんな生真面目な用語を口にされるとは思わず、少々落胆する。ならばと、別の名称を言わせることにした。

「指でいいんですか？」

「……え？」

「もっと太くて硬いモノでもいいんですよ」

忠雄は絢子の後ろで膝立ちになった。振り返った彼女には、ズボンの股間が隆々と盛りあがっているのが見えたはずである。

事実、目が大きく見開かれ、白い喉がコクッと鳴った。

「じゃ、じゃあ、それを――」

「それじゃわかりません。何をどこに挿れるのか、はっきり言ってもらわないと」

熟れた女体が男を欲しがっているのは、一目瞭然だった。もっちりヒップが物欲しげに揺すられ、滴ったラブジュースがソファーに液溜まりをこしらえていたのだから。

だからこそ、卑猥なおねだりをしてしまったのだろう。

「……おチンポを、オマンコに挿れてください」

男性器ばかりか、女性器の俗称も口にするとは。忠雄の全身がカッと熱くなる。

「いいですよ。挿れてあげます」

鼻息を荒くして、ズボンとブリーフをまとめて脱ぎおろす。肉の槍は穂先をゴムに引っ掛け、勢いよくぶるんと反り返った。

「ああ」

あらわになった牡のシンボルに、熟女が陶酔の眼差しを向ける。早く挿れてと、蕩けた表情が訴えていた。

すぐにでも繋がりたかったのは、忠雄も一緒である。強ばりの根元を握って前に傾け、ふくらみきった頭部で恥割れをこする。

「うう」

粘膜同士の摩擦で、ムズムズする快さが生じる。女芯の熱さも伝わってきた。

「は、早く」

切なさをあらわにした求めに応じて、忠雄は分身を送り込んだ。

「あふぅううう」

長く尾を引く喘ぎ声が放たれ、着物の背中が弓なりに反れる。しとどになった密窟は、牡の猛《たけ》りを抵抗なく迎え入れた。

それでいて、締まりも抜群だ。

「むうう」

下腹と尻肉が密着したところで、忠雄は呻いた。

(なんて気持ちいいんだ!)

美肉がぴっちりとまといつく感じがたまらない。もっと奥まで入りたかったが、それ以上は無理だった。

「あん、おっきい」

泣くような声でつぶやき、絢子が艶尻をブルッと震わせる。同時に、内部がいっそうキツくすぼまった。

「ああ、西川さんのオマンコ、すごく気持ちいいです」

彼女に合わせて卑猥な単語を用いると、「イヤイヤ」とかぶりを振られた。

「そ、そんないやらしいこと、言わないでっ」

自らがさっき口にしたのを、忘れたというのか。

ならば、自身がいやらしい女であることを思い知らせてやろう。忠雄はそろそろと肉の棒を引き、心地よい穴の中へ再び戻した。

「ああッ」

絢子が声を上げげる。下腹をぶつけた臀部が、ぷるんと波打った。

（これ、本当にいい……）

うっとりした快さにひたり、忠雄は腰を振った。

指を挿れたときに予想したとおり、濡れ穴の居心地は最高だった。ヒダのぷちぷちした感触もいいし、締めつけもたまらない。

「あ、ああっ、いいっ、いいのぉ」

美熟女もよがりっぱなしだ。

バックスタイルで攻め立て、ペニスが出入りする様子を眺める。逆ハート型のヒップの切れ込みに、濡れて肉色を際立たせたイチモツが、見え隠れするところを。

上半身は着物のままだから、剝き身の尻がいっそういやらしい。いかにも犯しているという光景にも、昂奮がふくれあがった。

(まったく、なんてエロい奥さんだ)

いや、元奥さんか。欲求不満じゃないと言い張っておきながら、こうも簡単に堕《お》ちてしまうとは。

やはり結婚時代の営みが忘れられず、悶々とするのではないか。火照る肉体を持て余し、自らの指で慰めたこともあるのだろう。

そんな場面を想像したために、頂上が迫ってくる。

(おっと、まずい)

ピストン運動を緩やかにし、上昇を抑え込もうとした。ところが、

「ねえ、もっと激しくして」

こちらを振り返った絢子が、涙目でせがむ。成熟した肉体は、荒々しい攻めを望んでいるようだ。

「無理ですよ」

忠雄が断ると、非難の目で睨んでくる。

「どうして？」

「だって、西川さんのオマンコが気持ちよすぎて、出ちゃいそうなんです」

責任を転嫁すると、目が落ち着かなく泳ぐ。

「そんな……でも——」

勢いよく突いてもらいたい。でも、もっと長く愉しみたい。二兎を追えないとわかりつつ、どうすればいいのかと迷っているのだ。

そこで、忠雄は助け船を出した。

「まあ、一度イッても、すぐに二回目ができると思いますけど」

魅力的な熟れボディを相手に、一度のオルガスムスで済ませたくない。睾丸が空になるまで、体液を注ぎ込みたかった。

もちろん、中出しが許可されたらの話であるが。

「わかったわ。それじゃ、一度出して」

「どこにですか？」

訊ねると、彼女は考える面持ちを見せた。前の生理がいつだったのか、思い出しているのだろう。

「このまま、中でイッて」

「え、いいんですか?」

「その代わり、また大きくしてよ」

言ってから、気まずげに視線をはずす。はしたなく求めたことを悔いたのか。

ともあれ、射精してもいいと許しは得た。

「じゃあ、思いっきりしますよ」

声をかけ、ペニスをくびれまで後退させてから、勢いよく突き挿れた。

「きゃんッ」

絢子が仔犬みたいに啼《な》き、ソファーに突っ伏す。ハッハッと息をはずませた。

掲げられたヒップを両手で支え、忠雄はストロークの長い抽送で蜜芯を抉った。

ぢゅぷッ——。

潤いすぎた穴が、卑猥な粘つきを立てる。

「ああ、あ、ふ、深いぃー」

よがる美熟女は、肉槍を突き立てられる真上で、秘肛をせわしなくすぼめた。それは悦《よろこ》びの大きさを如実に示していたようだ。

（ああ、いやらしい）

忠雄のほうも、腰づかいに熱が入る。結合部がまる見えだから、大胆に攻めることができた。

中に出していいと言われたことで、余裕が生まれたらしい。気ぜわしく肉根を出し挿れし、心地よい締めつけに酔いしれても、簡単には昇りつめなかった。むしろ、内部を味わう余裕すらあった。

直腸側、膣の天井にプツプツした突起がある。それが亀頭の段差に引っかかり、くすぐったい快感をもたらした。

（うう、気持ちいい）

そこを狙って上向きに突くと、絢子が「おお、おお」と低い唸りをこぼした。

「そ、それもいい。もっとぉ」

ふたりの求めが合致して、交わりがいっそう激しくなる。

パンパンパン……。

肉のぶつかり合いが湿った音を鳴らす。それを打ち消すように、熟女が悩乱の声を張りあげた。

「いい、気持ちいい、あ、ああっ、オマンコ溶けちゃうぅ」

歓喜の波に巻かれ、とうとうあられもないことを口走る。それだけ悦びが極まり、我を忘れていたのだろう。

程なくして、艶腰のうねりが大きくなる。

「ああ、イク、イク、イッちゃいそう」

いよいよ頂上が迫ってきたようだ。

(よし、おれも)

一緒に昇りつめるべく、彼女の腰振りに同調する。剛棒を子宮目がけて叩き込んだ。

「あ、イク、く――うううううぅっ！」

絢子が背中を反らし、大臀筋をビクビクと震わせる。蜜窟がすぼまり、粒立ったヒダの刺激が射精を促した。

「うう、う、あああ」

忠雄も愉悦の高みで己を解放した。

びゅるんッ――。

男根の中心を勢いよく駆け抜けた熱いエキスが、女体の芯部に届いたらしい。

「ああ、あ、出てるぅ」

ほとばしりを感じて、熟女が無意識にか膣内を収縮させる。まるで、牡のタネを搾り取るかのように。

おかげで、忠雄は深い悦びにひたった。

(最高だ……)

肉体的に満たされたばかりではない。受け身のセックスではなく、こちらがリードして交わり、オルガスムスに導いたのだ。男として大いに成長できた気がした。

射精を終えたあとも、忠雄は浅ましくペニスを動かし続けた。脱力した絢子が、咎めるように息をはずませるのもかまわずに。過敏になった亀頭がくすぐったくてたまらなかったものの、長く余韻にひたりたかったのである。

3

どうせ着付けをし直さなければならないからと、絢子が着物を脱ぐ。結った髪もほどいてしまった。

(ああ、綺麗だ)

三十六歳の成熟したボディは、着物で隠すのが勿体《もったい》ないほど、均整がとれていた。軟らかなおっぱいが垂れ気味なのも、むしろ色っぽい。それこそ熟れた風情を感じさせる。

ただ、髪が解かれたことで、印象としてはさっきよりも若々しい。肌も綺麗だし、和装によって年齢相応に見えていたようだ。

ともあれ、彼女が脱いだ以上、忠雄も服を着ているわけにはいかない。急いで全裸になる。

射精後もしつこく抽送したためか、分身は半勃ち状態であった。愛撫を交わせば復活するだろうし、ここで続きをするのは可能である。

ところが、シャワーを浴びましょうと絢子に提案された。

(ひょっとして、これで終わるつもりなのかな？)

絶頂したから満足し、さっさと帰る気でいるのか。ペニスをまた大きくしてねと、おねだりをしたというのに。

それでも、反対する口実は見つからず。渋々同意する。ふたりで奥のシャワールームに向かった。

「とっても気持ちよかったわ」

狭い個室で向かい合うと、絢子がはにかんだ笑みを浮かべる。先にシャワーノズルを手にして、忠雄にお湯をかけてくれた。

上半身はざっと流し、いよいよというふうに股間を狙う。水平まで持ちあがっていた秘茎を水流で清め、しなやかな指で磨いた。

「ううう」

悦びがぶり返し、海綿体がさらなる血液を呼び込む。

「まあ、元気ね」

一分と経たずに、それは逞しく反り返った。

「すごく硬い……若いっていいわね」

二年後には三十路であり、若いと評されるには微妙な年齢だ。

それでも、絢子より八つも下なのは事実であり、黙って受け入れた。もう若くないなんて言おうものなら、彼女が気分を害するかもしれない。

勃起した秘茎に指をすべらせ、うっとりした面差しを見せる美熟女。シャワーの水滴が飛び散った裸身からも、色気が匂い立つようだ。

「やっぱり欲求不満だったんですね」

何気に指摘すると、絢子が上目づかいで睨んでくる。

「違うわ」

きっぱりと否定され、忠雄は面喰らった。

「だけど、何をされても感じないし、いやらしい気持ちにもならないって――」

「あれは言い過ぎでしたけど、わたしが先生としたくなったのは、あちこちさわられてその気になったからよ。最初からこれが欲しかったわけじゃないわ」

そう言って、屹立を強めに握る。セックスを求めたのを忠雄のせいにして、自らの非を認めようとしなかった。

(本当に強情なんだな)

年下を相手に、弱みを見せたくないのだろうか。

「でも、首とかにちょっと触れただけで、かなり感じてたみたいですけど」

なおも食い下がると、彼女がシャワーを止める。

「しつこいと、イイコトをしてあげないわよ」

咎められ、忠雄は口をつぐんだ。イイコトとは何なのか、気になったためもある。

絢子が跪《ひざまず》く。目の高さになったフル勃起ペニスに、淫蕩な眼差しを注いだ。

「立派だわ。男はこうでなくっちゃ」

などと言うところをみると、別れた夫はここまで猛々しくならなかったのだろうか。

それこそ、若い部下と浮気をするようになってからは、妻とはセックスレスだったのかもしれない。

（案外、そのせいで浮気に気づいたのかも）

　求めても応じず、愛撫してもなかなか臨戦状態にならなかったために、他に女がいるのではないかと怪しんだとか。そんなことを想像していたら、絢子が伸びあがった。

「今度は、わたしが味見をする番よ」

　強ばりの根元を握って支え、口を大きく開く。

「ああっ」

　いきなり深々と頬張られ、忠雄はのけ反って喘いだ。

　シャワーを求めたのは、フェラチオのためだったのか。その前に、愛液や精液がこびりついたイチモツを清めようと。

　浮かんだ推測も、チュパッと舌鼓《したつづみ》を打たれたことで消え去った。

「くはッ」

　目のくらむ快美に、息の固まりが喉から飛び出す。

　熟女の口内も、膣と同様に快かった。いや、気持ちよさの種類が違う。

　何しろ、舌がねっとりと巻きつき、ニュルニュルと動かされるのだ。これはセックスでは味わえなかった快感だ。

　下を見れば、美貌の中心に武骨な肉棒が突き刺さっている。頬をへこましたフェラ顔もいやらしく、背徳的な悦びを禁じ得ない。

（西川さんは、お花の先生でもあるのに……）

上品な所作で花を生ける彼女に、こんなに淫らなことをさせていいのだろうか。罪悪感もこみ上げてきた。

けれど、無理やりさせているわけではない。絢子は自ら奉仕を買って出たのである。

「ん……ンふ」

小鼻がふくらみ、そこから温かな息がせわしなくこぼれる。濡れた陰毛に風を感じて、妙にゾクゾクした。

頭を前後に振り、すぼめた唇で肉胴をこすってから、絢子が口をはずす。

「はあ」

ひと息ついて、艶っぽい目で見あげてきた。

「どう？」

短い問いかけに、忠雄は何度もうなずいた。

「すごく気持ちいいです」

「まだまだ、こんなものじゃないわよ」

「え？」

「脚を開きなさい」

指示に従うと、彼女は股間を真下から振り仰ぐような体勢になった。今度は、牡の急所に吸いつく。

「おおお」

忠雄は声と膝を震わせ、焦って壁に手を突いた。そうしないと崩れ落ちそうだったからだ。

縮れ毛にまみれたシワ袋に口をつけられ、フェラチオ以上の罪悪感に苛《さいな》まれる。それでいて、くすぐったい気持ちよさに脳を支配され、「ああ、ああ」と馬鹿みたいに喘ぐことしかできなかった。

（こんなに感じるなんて……）

絢子はすべてのシワをなぞるみたいに舌を這わせ、チュッと吸う。さらに、タマをひとつずつ口に含み、温かな中で転がした。

（うう、タマらない）

くだらないダジャレを思い浮かべ、総身を震わせる。陰嚢と太腿の境界部分、汗が溜まって蒸れやすいところもペロペロと舐められたものだから、脳の痺れるむず痒さに尻の穴を引き絞った。

そうやって、牡の股間を唾まみれにしてから、絢子が立ちあがる。

「ね、しましょ」

色っぽく潤んだ目で誘う。何をするのかなんて、問い返すまでもない。

「え、ここで?」

「そうよ、立ってするの。一度してみたかったのよ」

未経験の体位を試すためというのも、シャワーを求めた理由なのか。

(いや、さすがに考えすぎか)

狭い空間で、フェラチオをしたことで気分が高まり、慌ただしく交わりたい気分になったのではないか。外国の官能映画にも、そういうシーンがけっこうあるから。

立ったままのセックスは、忠雄はいちおう経験があった。真紀との校内淫行で、立ちバックのみならず、対面立位でも交わったのである。

そのときのことを思い出しながら、結ばれる体勢になる。壁を背にした絢子の脚を、片方だけ持ちあげた。

「あん、ドキドキする」

熟女がつぶやく。破廉恥な体位ですることへの期待のみならず、片足立ちの不安定なポーズも、胸を高鳴らせる要因になったのではないか。

忠雄は腰を落とすと、女芯を真下から狙った。分身はしっかり天井を向いていたから、狙いをはずすことなく蜜穴を捉えた。

「あああっ！」

艶声がシャワールームに反響する。

口淫奉仕で昂《たかぶ》って濡れたのか、挿入はスムーズであった。そのわりに、締めつけが著しい。

(うわ、キツいぞ)

バランスを取るために、肉体が緊張しているのかもしれない。

「しっかりつかまってください」

「は、はい」

絢子が忠雄の首に腕を回す。背中は壁にぴったりくっついていたから、倒れる心配はなかった。

膝も使って腰を突き上げれば、貫かれた女体が歓喜にわななく。

「あ、あ、気持ちいい」

出し挿れの幅は小刻みながら、快感は大きいようだ。初めての体位が新鮮なためもあるのだろう。

「ね、キスして」

せがまれて、忠雄は唇を重ねた。舌も絡ませ、濃厚なくちづけで気分を高める。

(おれ、西川さんとキスしてる……)

若妻のかなえとはできなかったが、ここで叶うとは。

「んぅ、ン――ふは」

彼女のほうも息をはずませ、裸身をしなやかにくねらせる。

上も下も深く交わり、シャワー室にため息と呻き声が反響する。狭い空間に溢れる熱気が、ふたりの体温をますます上昇させた。

「ふは――」

息が続かなくなったか、絢子がくちづけをほどく。半開きの唇が、唾液で濡れ光っていた。

「ね、わたし……イッちゃいそう」

早くも頂上が近づいたのは、それだけ昂奮していたためであろう。

「先生はまだでしょ?」

「ええ、たぶん」

「あとで、あっちの部屋でも、またたっぷり可愛がってね」

絶頂前に、次のおねだりをするなんて。これが欲求不満ではなく、何だというのか。とは言え、非難するつもりはかけらもなかった。むしろ、一途に求める率直さが愛おしい。

「わかりました」

返事をすると、美貌が嬉しそうにほころぶ。

「よかった……ね、いっぱい突いて」

「はい。では──」

熟れたボディを勢いよく突き上げれば、「くぅーん」と切なげによがる。膣奥は煮込んだみたいにトロトロだ。

「はうう、も、もっとぉ」

せがまれて、忠雄はせわしなく腰を使った。

「ああ、あ、ああ、いい、いいのぉ」

絢子が乱れ、すすり泣く。柔肌のあちこちを、感電したみたいにわななかせた。

(……おれ、ここまで女性を感じさせられるようになったんだな)

クリニックを開業するまで、ひとりの異性しか知らなかったのが嘘のようだ。四人と関係を持ち、経験豊富であろう年上の美熟女を、はしたなく乱れさせている。

もっとも、一度限りの関係というのが悩ましい。

「わ、わたし、これからも先生のカウンセリングを受けたいわ」

絢子が唐突に言う。

「お気に召しましたか？」

「ええ。とっても満たされました」

満たされていなかったのは心ではなく、やはり肉体なのだ。だが、それでいい。

「もちろん歓迎しますよ」

その言葉が嘘ではないと示すため、肉槍を深々と突き立てる。高速の抜き挿《さ》しで、濡れ穴を穿《うが》った。

「イヤイヤ、あ、感じるぅ」

美熟女があられもなく身悶える。程なく、

「イクイク、イッちゃうぅぅうーっ！」

と、高らかな淫ら声と共に昇りつめた。

第五章　爛れた女教師

1

（武田《たけだ》さんか……）

　今日の予約を確認し、忠雄はひとりうなずいた。

　相談者は三十歳の女性である。その他の詳しいプロフィールは、対面してからでないとわからない。

　もちろん、どんな人の相談も受ける。選り好みができる立場ではないのだ。

　クリニックの経営もようやく軌道に乗ってきたようであるが、油断は禁物である。信頼を得て、実績を重ねなければならない。こういう仕事で大切なのは、来院者のよい評価を得て、それが人々に伝わることなのだから。

そんな大事なときでも、心だけでなく、カラダも許してくれる女性が来てくれないかなと、都合のいいことを願う忠雄であった。つい二日前も、三十六歳の美熟女と、濃厚な時間を過ごしたばかりだというのに。

またカウンセリングを受けたいと言ったとおり、絢子は再び予約をしてくれた。それが一昨日のことで、しかも朝一だったのである。

今回は着物ではなく、彼女はオーバーサイズのシャツに白いパンツという、ラフな装いであった。そのため、見た目がかなり若々しく、印象も違って見えた。若奥様っぽい清楚な雰囲気すらあったのだ。

それでいて、いざ行為に及ぶと、熟れたボディを波打たせてよがった。

ふたりはカウンセリングルームのベッドで抱き合った。くちづけと愛撫を交わしながら徐々に服を脱ぎ、最後は素っ裸になって激しく交わった。

一ラウンド終了後、奥でシャワーを浴び、狭い密室で二回戦。忠雄は立ちバックで熟れボディを貫き、繋がったままベッドに戻った。

絢子は数え切れないほど昇りつめ、忠雄は三度射精した。危険日なので中出しができず、すべて外に出したため、終わったあとのカウンセリングルームは、蒸れた青くささでむせ返りそうだった。

カウンセリングは一回九十分であるが、優に二回分の時間を過ごしたであろう。絢子はその分の料金をきっちりと払った。それは最初のときも同じであった。

『また来ますね』

艶っぽい微笑を浮かべた美熟女を、荒淫後の気怠い余韻にまみれて見送った忠雄は、複雑な思いを噛み締めた。

ただの男と女として関係を持ったのなら、お金を出す必要はない。つまり、絢子は忠雄を男ではなく、カウンセラーとして見ているのである。彼女にとってセックスは愛の行為ではなく、カウンセリングそのものだったのだ。

そういう割り切った関係は気が楽な反面、虚《むな》しさを伴う。結局はお金をもらって快楽の奉仕をしているだけなのかと思うと、風俗嬢か売春婦にでもなった気分だった。いや、この場合は売春夫か。

亜由美や桃果、かなえと一度きりで終わったときには、刹那《せつな》の関係に物足りなさを覚えた。絢子とは今後も続きそうながら、本当の意味で親しくなったとは言えない。まあ、信頼されているのは確かだろうが。

だからと言って八つも離れた女性と、恋人同士になりたいと願っているわけではない。向こうは年下の忠雄を、セックス以外では頼りなく思っているだろうし、対等にはなるのは難しい。

ならば、せめてお金を抜きにして抱き合いたかった。

彼女が正規の料金を払うのは、こちらに誤解をさせないためという意図もありそうだ。好意の延長上にある交わりではなく、もっとドライな関係だと年下の男にわからせるために。

こうなったのは、忠雄にも責任があるのかもしれない。

何しろ、絢子が欲求不満だと、最初から決めつけたのだ。そればかりか、いやらしいことを言わせるなどして辱《はずかし》め、関係を持ったのである。

あれで彼女は、少なからずプライドを傷つけられたであろう。肉体の不満は解消されても、心を許すには至らなかったのではないか。

忠雄は自らの言動を悔いた。欲望を優先させて振る舞ったために、女性の心を摑み損ねたのだ。これはカウンセラーとして致命的なミスである。

今後は相談者に寄り添ったカウンセリングを心がけよう。と、気持ちを新たにした忠雄である。

（もう余計な期待をするんじゃないぞ）

女性に関しても、邪《よこしま》な考えを改めよう。絢子とはまだ続きそうだし、ガツガツせず、仕事に集中するべきだ。

さて、今日の相談者は、どんな悩みを抱えているのだろう。武田という苗字と、三十歳という年齢からあれこれ想像しているとチャイムが鳴った。

「おっと」

忠雄は立ちあがり、モニターを確認することなく玄関へ向かった。時間ぴったりだったし、間違いなく相談者だと思ったからだ。

「お待たせしました――」

外にいた人物に声をかけたところで、忠雄は固まった。

「お久しぶりね、赤石君」

そう呼ばれるのは久しぶりだった。それから、目の前の笑顔と対面するのも。

「涼本先生……」

そこにいたのは、童貞を捧げた女教師――真紀であった。

2

カウンセリングルームで真紀と向かい合い、忠雄は緊張を隠せなかった。

何度もセックスした間柄ながら、二年以上も交流が途絶えていたのだ。しかも、最後は体よくフラれたようなものだったし、かなり落ち込んだのである。

そのため、彼女のように屈託なく笑うなんてできなかった。

「すごいわね、赤石君。今や雇われのスクールカウンセラーじゃなくて、一国一城の主《あるじ》なんだもの。出世したわね」

室内を興味深げに見回して、真紀が口許をほころばせる。

相談者の定位置、三人掛けのソファーに腰掛けた彼女は、ライトグレーのパンツスーツをまとっている。ジャケットの内側は襟ぐりの深いシャツで、たわわなバストが強調されていた。

(いいカラダだな……)

かつて一緒に勤めたときと、プロポーションは変わっていないようだ。腰回りも豊かで、ヒップがソファーに深く沈んでいた。理知的な美貌といい、いかにも生徒に人気の女教師というスタイルである。

ただ、当時と異なっているところがひとつだけある。左手の薬指に嵌《は》められた、結婚指輪だ。

(涼本先生、今は人妻なんだよな)

ぼんやりと考えて、苗字が変わっていることに思い至った。

「……あの、武田先生とお呼びすればいいですか？」

予約時の姓を口にすると、真紀は首をかしげた。

「んー、赤石君には昔のまま、涼本で呼ばれたいかな」

再会したばかりだし、今さら呼び方を変えられたくないらしい。

「あと、ここではわたしのほうが『先生』って呼ぶべきなんだろうけど、赤石君でいい？」

「ええ、かまいません」

忠雄にしても、真紀から先生なんて持ちあげられたら落ち着かない。カウンセラーと相談者で、かつてとは立場が逆だとしても。

（ていうか、本当にカウンセリングが目的で来たのかな？）

それも少々疑問である。こうして向き合う前に、彼女は昔の同僚にたまたま連絡を取ったところ、忠雄の現在を知ったと話したのだ。その後、ネットで「赤石カウンセリング」を見つけ、予約を入れたのだと。

会ったときから上機嫌の様子だし、悩みを抱えているふうには見えない。要は旧交を温めたいだけではないのか。

忠雄は結婚式に呼ばれなかった。婚約者がいながら関係を持っていた、要は火遊びの相手である。招待できるわけがない。

そのため、真紀の相手が誰で、どんな男かも知らなかった。

「涼本先生は、今も教師を続けられてるんですよね?」

「そうよ」

「学校のほうはいいんですか?」

今日は平日なのである。

「お休みをもらったの。赤石君のカウンセリングを受けるために。まあ、学校にはそんなことは言ってなくて、年休をもらったんだけど」

わざわざ有給休暇を取得したのなら、目的はカウンセリングなのか。顔を見るだけなら、休日にでも来ればいいのだから。

それとも、相談者を装って訪れ、驚かせたかったのか。

「では、こちらにご記入ください」

予診票を差し出すと、真紀が怪訝な面持ちを見せる。

「え、これなに?」

「相談の記録を保管するのに必要なんです。病院のカルテみたいなものを作るので」

「ああ、つまり問診票ね」

「そこまで詳しく記入してもらうわけじゃありませんけど。相談内容については、このあと口頭で伺いますので」

「了解」

彼女はペンを取り、すらすらと記入した。ところが、最後の署名のところで手が止まる。

「え、撮影するの？」

「ああ、はい。あくまでも任意ですので、望まれないのならカメラは回しません」

「だったら署名はしないでおくわ」

真紀がペンを置き、予診票を返す。忠雄は「わかりました」と受け取った。

撮影を拒む相談者は過去にもいた。その場合、しばらく考えてから判断する者がほとんどであった。

彼女が迷いもせず断ったのは、それだけ深刻な相談であり、証拠を残したくないのかもしれない。

予診票を見ると、現住所は都心に近かった。ここまではけっこう距離がある。時間をかけても来る必要があったということは、やはりカウンセリングを必要とする事態に追い込まれているのか。

「そう言えば、旦那さんも学校の先生なんですか？」

「ううん。普通の会社員よ」

「え、どうやってお知り合いになったんですか？」

「知り合いも何も、ダンナは大学の先輩なの。そのときからの付き合いよ」

大学の先輩ということは、桃果と同じである。結婚前に別の男とセックスがしたいと、カウンセリングに訪れた女性だ。

では、真紀も彼女と同じなのか。かつて忠雄を誘惑したのは、長い付き合いの恋人以外に、男を味見したかったためだと。

「ひょっとして、怒ってる？」

真紀の問いかけに、忠雄は我に返った。

「え、ど、どうしてですか？」

「ほら、わたしに彼氏がいて、結婚するつもりだったのを黙ってたこと」

申し訳なさそうな顔を見せているから、多少なりとも罪悪感があったらしい。

「怒ってるというか、まあ、ショックだったのは間違いないです」

「そうよね……ごめんね」

素直に謝られては、責めるのは大人げない。

「ただ、おれは涼本先生のおかげで男になれましたし、たくさんのことを教えてもらえたのは事実です。今は心から感謝しています」

「だったらよかったわ」

年上の女教師が、安堵の笑顔を見せる。

「まあ、正直に打ち明けてもよかったんだけど、赤石君って真面目だったじゃない。あの年まで童貞だったのもそうだし。わたしに彼氏がいるとわかったら、他の男とエッチするなんてダメだって、拒否られるんじゃないかと思ったのよ」

確かにその可能性はあっただろう。初体験をさせてもらったのはともかく、校内淫行に関しては、さすがにまずいと拒んだかもしれない。

「正直なところ、赤石君と学校でエッチしたのってスリルがあって、すごく気持ちよかったし、やめるにやめられなかったのよね。赤石君もわたしを求めてくれたから、女冥利《みようり》につきるっていうか」

言われて、頬が熱くなる。あの頃の爛《ただ》れた関係が脳裏に蘇《よみがえ》ったからだ。

「わたし、今でもあの頃のことを、よく思い出すのよ」

艶っぽい眼差しで打ち明けられ、息苦しさも覚える。

「赤石君はどう？」

「え？」

「わたしとしたことなんて、もう忘れちゃった？」

「そ、そんなことないです。おれもよく思い出しますから」

さすがにオナニーのオカズにしたとか、当時の淫夢をよく見ることまでは打ち明けられない。

「ふふ、エッチねえ」

自分のことを棚に上げて、真紀が嬉しそうに目を細める。

忠雄は胸が高鳴るのをどうすることもできなかった。学校のカウンセリングルームで逢い引きをしているような錯覚に陥ったのは、彼女が当時と変わらぬ教師スタイルだからなのか。

時が過ぎて、真紀はもう三十歳だ。けれど、美貌も体つきも、見た目はあの頃とほとんど変わっていない。

それでいて妙に色っぽくて、腰回りが特に充実しているかに映る。人妻になって、肉体がいっそう成熟した証であろう。

「それで、相談したいことというのは？」

おかしな気分になりそうなのを抑え込み、話題を変える。

「うん……実は、赤石君にも関係していることなんだけど」

打って変わって深刻な面持ちを見せた彼女に、忠雄は動揺を隠せなかった。

(おれに関係してるって？)

もう二年以上も交流がなかったのに、いったいどういうことなのか。

(あ、まさか──)

不意に浮かんだ想像に蒼ざめる。

真紀との交歓では、避妊具を使わなかった。校内では後始末に困るからだ。そのため、危険日のときは外に出すか、手で射精に導かれた。安全だと言われたときには、膣奥にたっぷりとほとばしらせた。

もしかしたら、あのとき彼女の中に新しい命が芽生えたのではないか。それを夫の子供だと偽って出産したものの、今になって父親が違うとバレたのでは。

「ひょ、ひょっとしてお子さんの──」

焦って問いかけると、真紀がきょとんとする。

「え、わたしたち、子供はまだだけど」

早合点だと知らされ、忠雄は脱力した。すると、彼女が居住まいを正す。

「あのね、わたし、この頃ちょっとおかしいのよ」

「え、おかしいって？」

「赤石君とのアレを思い出して、その、妙にウズウズしちゃって」

頬を赤らめての告白に、忠雄は思わずコクッと喉を鳴らした。

「学校でしたのは赤石君とだけだったし、それから、年下の子に教えてあげたり、あれこれさせたりっていうのも初めてだったの。わたしが他に知っている男は、みんな年上だから」

ということは、忠雄と夫以外にも、セックスをした相手がいるのだろうか。

「それでね、最近、わたしを妙に慕ってくれる生徒がいるのよ。それも男の子で。わたしはひと回りも年上で、結婚だってしてるのに、しょっちゅう話しかけてきたり、こっちが赤面するような熱烈な手紙をくれたりもするの」

真紀は三十歳でも、溌剌《はつらつ》として若々しい。年上の女性に憧れる十代の男子にとって、まさに理想の存在であろう。本気で好きになる生徒がいてもおかしくない。

(ていうか、初体験の相手になってもらいたいのかも)

美しい女教師に導かれたくて、つきまとっているのではないか。

「その子はたぶん、わたしに筆下ろしをしてもらいたいのよ」

彼女もそうだと見抜いているらしい。

「まあ、卒業したら考えてあげてもいいけど、さすがに在学中の生徒に手を出すのはまずいでしょ。だから、やんわり拒んでるんだけど、なかなか引き下がってくれなくて。彼のほうは、卒業するまでに体験したいみたい」

生徒とは肉体関係を持てないと、真紀は自らに律しているようだ。忠雄と学校内で淫らな行為に及ぶのには、躊躇しなかったというのに。要は彼女なりの倫理観があるのだろう。

「あと、その子って、どことなく赤石君に似てるのよ」

「に、似てるって？」

「見た目じゃなくて、雰囲気が。真面目で純情なところとか」

真面目はともかく、そんなに純情だったろうかと、忠雄は首をかしげた。もっとも、二十五歳まで童貞だったのであり、そんなふう思われても仕方がない。

「でも、おれは涼本先生に言い寄ったりしませんでしたけど」

「そう？　けっこう物欲しそうな目で見られてた気がするんだけど」

真紀の指摘に、そうだったかなと恥ずかしくなる。

異性に優しくされたのが初めてで、彼女に甘えていたのは間違いない。童貞だと打ち明けたのも、ひょっとしたらセックスをさせてくれるかもと、淡い期待があったのは確かだ。

「とにかく、その子に接近されると、赤石君とのアレを思い出して、おかしな気分になっちゃうの。このままだとよろめいちゃいそうで、自分が怖いのよ」

真紀は真顔だった。近況を冗談めかして報告しているわけではなく、本当に悩んでいるのだとわかる。

だったら、絶対に口外しないことを条件に、童貞を奪ってあげればいいのではないか。思ったものの、そんなアドバイスはできなかった。単純に、その男子生徒が妬ましかったからである。

(高校生のくせにセックスがしたいなんて、生意気だぞ。しかも涼本先生となんて)

自身が長らくチェリーだったためもあって、反感を抱く。

「涼本先生は、少なくとも彼が在学中は、関係を持つ気がないんですよね？」

「そうね。ていうか、卒業したあとでも無理かも」

「え、どうしてですか？」

「最近の子って、昔よりもずっと口が軽いのよ。しゃべらなくても、ネットになら何を書き込んでもいいみたいなところもあるし。ＳＮＳや、動画サイトの影響もあるんだろうけど」

それについては、忠雄も同意見だった。

「だから、ヘタなことをしたらたちまち広まって、教師をクビになるかもしれないじゃない。ダンナとだって、うまくいかなくなる可能性もあるし」

教師の地位や夫婦関係を守りたい気持ちが強いようだ。だからこそ、欲望に駆られても手を出さずにいるのだろう。

「だったら、絶対にするべきじゃないですね」

「うん。なのにカラダが疼いちゃうから困ってるの」

真紀がため息をつく。

「たぶん、ダンナとあまりしてないせいもあるんだろうけど」

露骨なことをポツリとつぶやかれて、忠雄はうろたえた。

「え、し、してないって？」

「ああ、セックスレスってわけじゃないのよ。ダンナは今年に入ってから新しいプロジェクトを任されて、かなり忙しいの。帰りも遅いし、疲れてるから、わたしを抱く元気がないってわけ。たぶん、そっちが軌道に乗れば、またハッスルしてくれるだろうけど」

言ってから、彼女が咳払いをする。苦笑いを浮かべ、

「実は、赤石君としたときも、彼は仕事が忙しい時期だったの。なかなか相手をしてもらえなくて寂しかったから、赤石君に縋《すが》っちゃったところもあるのよ」

打ち明けて、また「ごめんね」と謝る。

「いえ……おれも涼本先生には助けてもらいましたから、持ちつ持たれつですよ」

そう言うと、真紀が安堵の微笑を浮かべた。

「ところで、涼本先生には、こういうふうにしたいっていう考えがありますか？」

カウンセラーらしく問いかけると、彼女が身を乗り出した。

「うん、そのことなんだけど」

目がやけに輝いている。すでに対処方法を見つけているというのか。

「赤石君に、是非とも協力してもらいたいの」

「え、協力？」

「わたしがその子によろめきそうなのは、結局のところ満たされていないからなのよ。だから、あのときみたいに赤石君とエッチをすればスッキリして、生徒に手を出さずに済むはずなの」

短絡的としか言いようのない結論に、忠雄はあきれた。そんなことでいいのかと戸

惑いつつも、

「ね、お願い」

初めての人から両手を合わされて、拒めるはずがない。そもそも彼女と再会したときから、こうなることを密かに望んでいたのである。

3

「あん、ドキドキする」

真紀が声を震わせ、突き出したヒップをくねらせる。その真後ろに膝をついて、忠雄は胸を高鳴らせた。

カウンセリングルームのデスクに両手を突いた彼女は、スーツ姿のままである。グレーのパンツはたわわな丸みにぴったりと張りつき、下着のラインを浮かび上がらせていた。

こんな光景を、かつて何度も目にしたのだ。

（ああ、涼本先生のお尻——）

間近で目にして確信する。やはりボリュームが増しているようだ。

劣情を煽《あお》られるままに、忠雄は女教師の着衣尻に顔を埋めた。あの頃もまずそうしたのを思い出して。

「やん、バカ」

真紀もまた、同じ反応をする。優しい声でなじり、臀裂をキュッとすぼめた。

鼻腔に流れ込むのは、甘い香りだ。繊維に染み込んだ洗剤の残り香に、女体のかぐわしさがミックスされたもの。

その中に、どこか淫靡なパフュームが混じっていた。

「ねえ、焦らさないで。次の授業が始まっちゃう」

すでに校内淫行の気分にひたっているのか、真紀がイメージプレイみたいな台詞《せりふ》を口にする。そして、自らパンツの前を開いたようだ。

ならばと、中の下着ごと、ボトムを剝き下ろす。

ぷりん——。

たっぷりした肉厚の臀部が、上下にはずんで現れる。肌の甘い香りと、秘部から放たれる淫臭に、頭がクラクラした。

(涼本先生の匂いだ)

あの頃嗅いだものと、まったく変わらない。

あらわになった恥芯は、片方の花びらが大きく、もう一方を巻き込んでいる。短めに整えられた秘毛や、可憐な佇まいのアヌスまで、記憶の中のものと寸分違わない眺めだった。

そのため、忠雄も時を遡った気分になった。

(涼本先生、シャワーを浴びてこなかったんだな)

家から直接ここへ来たのであり、そうする余裕はあったはず。だが、最初からあの頃を再現するつもりで、余計なことをしなかったのではないか。忠雄がいやらしい匂いを、嬉々として嗅ぎ回ったのを知っていたから。

心遣いに感謝しながら、暴かれた中心に鼻面を突っ込む。

「ああん」

色っぽい声で嘆いた女教師が、艶腰をくねくねさせた。

(ああ、いい匂い)

濃密になったチーズ臭を吸い込みながら、湿った裂け目に舌を差し込む。すると、粘っこい蜜がトロリと溢れ出た。

(え、もう?)

内側に溜まっていたぶんが、一気にこぼれたようだ。いやらしいポーズを取る前から、淫らな気分が高まっていたと見える。

(そんなにおれとしたかったのか……)

かつて、寝耳に水の結婚宣言を聞かされたときには、正直彼女を恨んだ。だが、事情を知った今は、すべてを水に流せる。

それどころか、かつて以上の愛しさがこみ上げていた。

ほんのり塩気のある蜜を、舌に絡め取ってすする。どこが感じるのかわかっているから、花びらの大きいほうを甘噛みし、軽く引っ張った。

「あ、ああっ、気持ちいいッ」

真紀がよがり、ふっくら臀部をぷるぷると震わせる。排泄口であるツボミが、せわしなくすぼまった。

(あ、そうだ。こっちも)

思い出して、放射状のシワにも舌を這わせる。中心をほじるようにねぶると、「あああっ」と切なげな声があがった。

「くぅう、そ、それいいッ」

彼女の反応は、以前よりも顕著だった。離れていたあいだに性感が研ぎ澄まされたのか、柔肌がビクッ、ビクンと痙攣する。

（え、こんなにお尻の穴が感じるのか？）

試みに、尖らせた舌先を侵入させようとすると、「イヤイヤ」と抗いながらも蜜芯を収縮させる。そこから滴ったラブジュースが、忠雄の顎をべっとりと濡らした。

結婚して、夫婦生活が濃密になり、夫にも秘肛をたっぷりと可愛がられているのか。そのせいで感じやすくなったのかと思えば、

「や、やっぱり、赤石君に舐められるのが一番いいわぁ」

真紀が感に堪えないふうに言う。

「赤石君だけよ。おしりの穴も舐めてくれるの」

感激をあらわにされ、忠雄は驚いた。

「え、旦那さんは舐めてくれないんですか？」

アナル舐めを中断して訊ねると、「そうよ」と即答される。

「ていうか、恥ずかしくてしてもらえないもの」

彼女がセックスをしたのは、忠雄以外はみんな年上だったという。そうすると、恥ずかしいことをしてもらいたくても、おねだりしづらかったのではないか。

けれど相手が年下で、しかも手ほどきをする立場ならば、命じて何でもやらせることが可能である。事実、忠雄も真紀に言われて、アヌスを舐めたのだ。

もっとも、指示がなくてもいずれは口をつけたかもしれない。見た目もそうだが、クンニリングスをすると気持ちよさげにヒクつくのが、たまらなく愛らしいのだ。

「おれは、涼本先生のカラダなら、どこだって舐めますよ」

断言すると、唾液に濡れた肛穴が照れくさそうにすぼまる。

「ありがと。赤石君だけよ。わたしの洗っていないオマンコを舐めたのは」

ストレートな四文字を口にされて、胸が高鳴る。そんなはしたないことを言うのも、きっと自分に対してだけなのだ。

再びツボミにキスをして、チロチロと舐めくすぐる。

「はうう、お、おしりぃ」

身をよじってよがる女教師は、脱がされたボトムが膝で止まっている。スーツ姿で、あらわになっているのはヒップと太腿のみだ。そのため、着衣とのコントラストがエロチックである。

(うう、いやらしい)

いかにも欲望に駆られ、場所もわきまえずに快楽を貪っているふう。それこそ校内で淫らな行為に及んだときそのものだった。

だが、今は時間がたっぷりとある。誰かに邪魔をされる心配もない。

もっと好きにしてもいいのだと、忠雄はアナル舐めを続けながら、膝で止まっていた衣類を奪い取った。

「もっと脚を開いてください」

言われるなり、真紀が美脚をコンパスのように開く。デスクに上半身をあずけ、尻を高く掲げた。

大胆に暴かれた女芯は、唾液と愛液でドロドロだった。排泄口を刺激され、情欲を沸き立たせていたようだ。

(ずっと我慢してたみたいだな)

教え子によろめきそうになったのも無理はない。道を踏みはずすことがないよう手助けをするべく、忠雄は敏感な肉芽に吸いついた。

「あひぃいいいッ！」

高らかな嬌声がカウンセリングルームに響き渡る。周辺から攻められ、いよいよ高まったところで本陣に突撃されたため、かなりの快感だったらしい。

忠雄はインターバルを置くことなく、クリトリスをぢゅぴぢゅぴと吸いたてた。

「あ、あ、それ、よ、よすぎるぅうっ」

艶尻をぷりぷりと振り立て、真紀がよがりまくる。唾液に濡れたアヌスが、休みなく収縮した。

（ああ、すごく感じてる）

もっともっとよくしてあげたい。童貞を奪ってくれた女性が、はしたなく乱れるところを目にしたい。

そんな思いからねちっこくねぶり続けると、彼女は時間をかけることなくオルガスムスに至った。

「イヤイヤ、イクッ、イクッ、イッちゃうううっ！」

腰を大きくはずませ、女教師がアクメに達する。裸の下半身を強ばらせ、低く呻いたのちに脱力した。

「ふはッ、ハッ、あふ」

息づかいを荒くして、デスクに突っ伏す。滴った蜜汁が、内腿もべっとりと濡らしていた。

真紀をクンニリングスで絶頂させたのは、初めてではない。けれど、ここまで派手に昇りつめた姿は、目にしたことがなかった。

初体験のラブホテルでは、とにかく言われたことしかできなかった。校内であれこれするようになって、ようやく頂上に導けるようになったが、彼女は常に声を抑えていた。他にバレてはまずいからだ。

(涼本先生、イッたときって、こんなに大きな声を出すのか)

他を気にする必要がなかったのもそうだが、忠雄も経験を積んだことで、口淫奉仕が巧みになったのかもしれない。だからこそ、より感じてくれたのではないか。

「ふう……」

息をついて、真紀がのろのろと身を起こす。振り返って忠雄を見おろすと、照れくさそうに白い歯をこぼした。

「イッちゃった」

はにかんだ笑顔に、大いにときめく。

「赤石君、クンニがすごく上手になったね」

「そうですか？」

「女の子をたくさん泣かせてきたんじゃないの？」

「そんなことないですよ。まあ、それなりにちょこちょことはありましたけど」

「ふうん。なんだか妬《や》けちゃうなあ」

軽く睨まれて首を縮める。だが、本当に嫉妬してくれたのなら嬉しい。

「じゃ、交代ね」

手を引かれて、忠雄は立ちあがった。

「オチンチン、勃《た》ってる？」

「そりゃ……」

「見せてね」

デスクに尻をあずけた忠雄の前に、真紀が跪く。ベルトを弛め、ズボンの前を開くと、ブリーフごと引き下ろした。

ぶるん──。

ゴムに引っかかった肉根が、勢いよく反り返る。血管を浮かび上がらせ、天井を向いてそそり立った。

「あん、元気」

うっとりした面差しで牡器官を見つめ、彼女が白魚の指を巻きつける。

「ううう」

快さが体の中心を伝い、忠雄は堪えようもなく呻いた。

真紀が指に強弱をつけて、ペニスの漲り具合を確認する。悦びが増し、海綿体がいっそう充血した。

「相変わらずカチカチだね、赤石君のオチンチン」

人妻教師が歌うように言い、手にしたモノに顔を寄せる。小鼻をふくらませてから、怪訝な面持ちを見せた。

「え、匂いがしないじゃない」

おそらく彼女は、蒸れた男くささを嗅ぎたかったのであろう。あの頃も堪能したのと同じものを。

「おれ、仕事の前にシャワーを浴びるようにしてるんです」

「どうして？」

「まあ、エチケットというか、対面で接する仕事なので。相談者を不快な気分にさせたらいけませんから」

本当は、女性の相談者のときに限って、事前にシャワーを浴びるようにしていたのである。いやらしい展開があるかもしれないと期待して。

もちろん、そんなことは真紀に言えない。

「ふうん。つまんないなあ」

彼女は不服そうであったが、忠雄はむしろ安堵していた。こちらが嗅ぐのはいいけれど、自身の生々しい臭気を知られたくなかったのだ。

匂いがしないのなら、そのぶん観察してやろうと思ったのか、真紀が目を大きく開く。赤く腫れた頭部からくびれの段差、筋張った胴体から陰嚢に至るまで、まじまじと見つめた。

(ああ、そんな)

あの頃だって、彼女はここまでじっくりとは見なかったはず。それでも、以前との違いを発見したようだ。

「なんか、アタマのところ、いやらしい色になってるわね」

「え、そうですか?」

「うん。前はもっと綺麗なピンク色だったもの」

四人の女性たちとセックスをして、彼女たちの愛液が染み込んだのであろうか。

「あれ、キンタマって動いてるのね」

そんなことにも気がついたようだ。

「ああ、そうですね」

「どうして?」

「さあ。そこまではわからないですけど」

「へえ。面白いわね」

感心した面持ちでうなずき、玉袋にふうと息を吹きかける。特に意味もなくしたのであろうが、弄ばれているようでゾクゾクした。

「ねえ、オナニーをするとき、わたしとのエッチを思い出すことってあるの？」

唐突な質問に、忠雄は目をぱちくりさせた。

「あ、うん。もちろんあります」

正直に答えると、真紀が満足げにうなずく。

「じゃあ、こういうことをされたのも？」

屹立を自分のほうに傾け、彼女は紅潮した頭部を口に入れた。

チュッ――。

軽く吸ってから、舌を絡める。さらに奥まで迎え入れ、味わうようにしゃぶった。

「あ、す、涼本先生」

忠雄は尻をくねらせ、ハッハッと息をはずませた。

快感と懐かしさの入り交じったフェラチオ。他の女性を知ったあとだからこそ、初めてのときと同じ感動が蘇った。

（ああ、これだよ）

慈《いつく》しむような舌づかいがたまらない。初めてされたとき、二分と持たずに爆発したことも思い出した。

牡の急所に指も添えられる。さっき、動いていると発見したところを、優しくさすってくれた。

「ああ、それ、気持ちいいです」

感想をストレートに伝えると、真紀が目を細める。指頭で中心の縫い目を辿《たど》り、会陰のほうにまで這わせた。

「あ、ううう」

肛門も軽くイタズラされて、あやしい悦びにひたる。おかげで、分身がしゃくり上げるように脈打った。

そのまま射精まで導かれるのかと思った。さっき、クンニリングスで絶頂させたお返しに。

ところが、真紀が強ばりを解放する。唾液に濡れた肉胴に指をすべらせ、濡れた眼差しを注いだ。

「これ、欲しくなっちゃった」

つぶやくように言い、忠雄を上目づかいで見つめる。

「ね、挿《い》れて」

真っ直ぐなおねだりに、軽い目眩を覚える。もちろん、忠雄にも異存はない。

「はい。おれも挿れたいです」

同じ気持ちであることを伝えると、美貌がほころぶ。「うん」とうなずき、真紀はすっくと立った。

再び彼女がデスクに身を伏せる。裸の下半身を年下の男に差し出し、せがむようにお尻を振った。

「ねえ、早く」

いやらしくも愛らしいお願いに応えて、忠雄は陽根の切っ先を恥苑にあてがった。フェラチオをしながら昂ったのか、そこは温かな蜜をこぼしていた。亀頭をこすりつけてしっかりと潤滑し、「いきます」と声をかける。前に進み、狭い入り口を圧《お》し広げた。

「ううン」

真紀が呻く。女芯が抗うようにすぼまった。

進んでは退《しりぞ》く小刻みな動きを続けることで、ペニスが徐々に呑み込まれる。彼女が交わりを欲していたのは確かながら、しばらく夫婦の営みがご無沙汰だったためか、体が受け入れるのを怖がっているようだ。

それでも、間もなく雁首《かりくび》がずっぷりと嵌まった。

「あはぁ」

人妻がのけ反り、尻の谷をキュッキュッとすぼめる。甘美な締めつけに酔いしれながら、忠雄は残り部分を女体内へと侵入させた。

(ああ、入った)

下腹と臀部が重なり、秘茎全体にぷちぷちしたヒダがまといつく。中は熱く、蕩けた感じであった。

「はあー」

深く息をついて、真紀がブルッと身を震わせる。

「あん……赤石君のオチンチン、オマンコに入っちゃった」

卑猥な台詞を口にして、ヒップを左右に揺らす。抽送を求めているのだと察して、忠雄は腰を前後に振った。

「あ、あ、あああッ」

感じ入った声が、デスクの天板に跳ね返る。学校でしたときは、この体位で繋がるのが一番多かった。

(ああ、おれのチンポが、涼本先生のオマンコに入ってる)

胸の内で状況を直接的に述べる。そうすることで、全身が快感にどっぷりとひたるようだった。

「あん、あんッ、もっとぉ」

気ぜわしいピストンで蜜穴を抉られ、真紀がはしたなくよがる。口淫奉仕で昇りつめて間もないのに、新たな攻めで頂上に向かおうとしていた。

(よし。またイカせてやる)

忠雄は奮起し、たわわな尻肉に下腹を勢いよくぶつけた。

パンッ、パンッ、パツっ——。

湿った打擲《ちょうちゃく》音が鳴り響く。それをかき消すように、三十路人妻の嬌声が放たれた。

「ああっ、あ、いい、感じるぅ」

もっといやらしい声が聞きたくて、忠雄は右手の人差し指を口に含んだ。唾液をたっぷりとまといつけ、尻の谷間へと差しのべる。

「はひぃいいいいっ」

真紀が高いトーンの艶声をほとばしらせた。アヌスをヌルヌルとこすられ、さらなる高みへ上がったようである。

「イヤイヤ、おしりダメぇ」

言葉とは裏腹に、その部分はもっとしてとねだるように収縮する。実際、快感は明らかに大きくなっていた。

交わりながら秘肛を悪戯するのは、初めてであった。舐めたときの反応が著しかったため、あるいは相乗効果を生むのではないかと思ったのである。狙いはどんぴしゃりだった。

忠雄は腰の振り幅を大きくし、長いストロークで女窟を抉った。もちろん、アナルいじりも継続させる。

「あふっ、ふううう、それ、よ、よすぎるぅ」

女教師がすすり泣く。こんな姿を、言い寄っているという男子生徒が目にしたら、どうして自分にはさせてくれないのかと歯嚙みするであろう。

(悪いな。君の出番は当分ないぞ)

見ず知らずの少年に心の中で語りかけ、今は自分が主役だとばかりに女体を穿つ。

「ああ、ああっ、あ、も、イキそう」

女らしく咲き誇った肉体が、歓喜の渦に巻き込まれる。忠雄もいよいよ限界に近づきつつあった。

「お、おれももうすぐ――」

「ね、ねっ、一緒に……な、中でイッてぇ」

嬉しい許可を与えられ、俄然張り切る。同時に昇りつめるべく、忠雄は自身の上昇を抑えて剛棒を抜き挿しした。アヌスの指をはずし、一点集中で攻めまくる。

ヌチュヌチュ……くぽッ――。

結合部が猥雑な音をたてる。激しい出し挿れで、空気が入ったようだ。

それでも、女体の上昇を阻害することはなかった。

「あ、イク、イクっ」

真紀が二度目のアクメを捉える。これなら大丈夫と見極め、忠雄も忍耐の手綱を離した。

「うう、す、涼本先生」

「あひっ、いいい、イクの、イクッ、イクイクイクぅ」

「おおお、出る」

目のくらむ歓喜に包まれ、亀頭がどぷっとはじける感覚があった。

「あはぁあああっ！」

声を上げ、絶頂に達した女教師の体奥に、熱い体液をドクドクと注ぎ込む。

(おれ、涼本先生の中で射精してる……)

またこんな日が来るなんて、夢にも思わなかった。

「ふはっ――」

息の固まりを吐き出し、真紀がデスクに突っ伏す。気怠げに上下する背中を見つめながら、忠雄は駄目押しの雫《しずく》を鈴口から溢れさせた。

4

スーツのジャケットとシャツ、ブラジャーも取り去ると、真紀は頬を染めて肩をすぼめた。忠雄の前で全裸になるのは、ラブホテルでの初体験以来だからだろう。

「何だか恥ずかしいわ」

派手に昇りつめたあとでしおらしい態度を示されると、妙にそそられる。忠雄もすべて脱ぎ去ると、彼女をベッドへ誘った。

「へえ。けっこう寝心地がいいのね」

真紀は横になると、成熟したボディをしなやかにくねらせた。前回のセックスのあとで洗ったシーツはパリッとして、素肌に心地よいようだ。

「ひょっとして、相談に来た女性と、ここでエッチしたの？」

訝る目を向けられ、忠雄は内心で焦りつつも、

「いいえ。涼本先生のことを考えて、オナニーはしましたけど」

より恥ずかしい告白をして誤魔化した。

「バカ」

恥じらって睨み、人妻教師が抱きついてくる。ふたりは唇を重ね、ベッドの上で転がった。

「ン――んふぅ」

彼女は小鼻をふくらませ、嬉しそうに舌を絡めてきた。

唾液でベタベタになるまで唇を貪り、互いの肌を撫でる。忠雄がもっちり臀部を揉み撫で、割れ目に指を差し入れると、真紀が唇をはずした。

「もう、ヘンタイ」

なじったのは、またアヌスをいじられたからだ。

「そんなにお尻の穴が好きなの？」

「ていうか、涼本先生が感じてくれるから」

「もう……そんなところをさわらせてあげるのは、赤石君だけなんだからね」

「光栄です」

「なに言ってんだか――あ、あっ、ダメぇ」

指先を侵入させようとすると、ツボミがキツくすぼまる。さすがにそこまでされるのは怖いらしい。

「イヤッ、中に入れないで」

「わかりました」

素直に引き下がったものの、いずれは試してみたいと忠雄は思った。案外、気持ちいいのではないかと思えたのだ。

(指で感じるようだったら、チンポも挿れてみたいな)

アナルセックスは、まだ経験していない。もしもするのなら、初めてはやはり真紀がいい。

「ちょっと、何を考えてるの?」

咎める眼差しにドキッとする。不埒《ふらち》な願望を察したというのか。

「もちろん、涼本先生のことです」

嘘ではないから、堂々と答える。すると、彼女が恥じらって目を逸らした。

「まったく、口ばかりうまくなっちゃって」

なじりながらも、手をふたりのあいだに入れる。射精して萎えた牡器官を、陰嚢ごと包み込むように握った。

「うう」

うっとりする快さにまみれ、忠雄は総身を震わせた。

「また大きくなりそう？」

真紀は不安げだった。もう一度したいのだ。

「もちろんです。こうやって涼本先生と抱き合っていれば」

「本当に？」

しなやかな指が、揉むような動作を示す。血液が海綿体に舞い戻り、ムクムクとふくらむのがわかった。

「あ、大きくなってきたわ」

嬉しそうに口許をほころばせる彼女に、忠雄はもう一度くちづけた。舌を絡ませ合うことで昂奮が高まり、勃起しやすいと思ったのだ。

事実、肉棒ががっちりと根を張るまで、そう時間はかからなかった。

「ふは――」

唇をはずし、真紀が息をつく。そそり立ったものの根元からくびれまで、指の輪を往復させた。

「もうこんなになっちゃった」

驚きと悦びを溢れさせる面差しに、忠雄は気掛かりを覚えた。

「いくら旦那さんがしてくれないからって、生徒に手を出さないでくださいよ」

過《あやま》ちを犯し、職を追われることを案じてではない。単なる嫉妬である。

「そんなことしないわ」

彼女は断言し、思わせぶりに頬を緩めた。

「その代わり、赤石君がわたしの面倒を見てね」

「ええ、もちろん。涼本先生のためなら、いくらでもカウンセリングをします」

「なによ、エッチするのもカウンセリングなの？」

あきれた顔を見せたあと、不意に顔を曇らせる。

「だけど、そんなしょっちゅう年休をもらうわけにはいかないわ」

休みを取ってここまで来たことを、思い出したようだ。

「それなら大丈夫です」

「え？」

「ウチは訪問カウンセリングもやってますから」

そのことはホームページでも見たのだろう。真紀が「あ、そうだったわね」とうなずいた。

「じゃあ、ウチまで来てもらえるの？」

「ええ。旦那さんの帰りが遅いときとか」

「そっか……休日出勤のときもあるし、そのときなら」

「何なら、学校でもいいですよ」

この提案に、真紀は眉をひそめた。

「バカね。さすがにそれは無理よ」

言いながら、目を泳がせる。どこかに抜け道がないか考えている様子だ。

部外者が校内に入り込むのは難しいだろう。だが、休みの日に理由をつけて出勤し、業者と打ち合わせをするみたいな口実で、招き入れるのは可能ではないか。

「涼本先生に呼ばれたら、おれは何よりも優先して飛んでいきますから」

「うん……」

「あと、ここへも、いつでも来ていいですからね。休診日でもかまいません」

頻繁《ひんぱん》に体を重ねるのは無理でも、願えばいつでも会えるとなれば安心できるはず。それなら教え子に迫られても、理性を失わずにあしらえるだろう。

真紀が感激の面持ちで涙ぐむ。

「ありがとう、赤石君。わたし、来てよかったわ」

礼を述べられ、忠雄は照れくさくも嬉しかった。

彼女に促されて上になる。両膝を立てたあいだに腰を入れれば、反り返る分身が熱い潤みに導かれた。

「これからも、いっぱいしようね」

「はい」

「じゃあ、挿れて」

心地よい濡れ穴に、忠雄は喜び勇んでダイブした。

(涼本先生と、またこういう関係になれるなんて——)

これがずっと続くわけではないと、もちろんわかっている。何しろ、彼女は人妻なのだから。

しかし、一度は切れたと思った縁が復活し、以前とは異なる立場で体を繋げることができたのだ。相手をより深く理解できたし、たとえまた終わりを迎えても落ち込むことなく、笑顔でサヨナラができるだろう。

「先生のオマンコ、すごく気持ちいいです」

息をはずませながら告げると、真紀が誇らしげにほほ笑む。

「そりゃ、赤石君にとっては、初めてのオマンコだものね」

童貞を卒業させたときのことを、思い出したのか。

「はい。おれ、初めての女性が涼本先生で、とても幸せです」

「じゃあ、いっぱいお返しして」

当然そうするつもりで、ベッドが軋むほどに腰を振りまくる。

「あ、ああっ、それいいっ」

彼女が愉悦にすすり泣く。聖職者たる教師も、今やひとりの女であった。

そして、忠雄だけの先生なのだ。

「いいッ、あ、ああっ、気持ちいい」

真紀の呼吸が荒ぶる。温かくてかぐわしいそれが、顔にふわっとかかった。

直に味わいたくて、忠雄は半開きの唇を奪った。

「むぅ、う、ふむむむぅ」

彼女は苦しげに呻きながらも、腰を淫らにくねらせる。ひと突きごとに、女体の感度が上がっているようだ。

溢れた蜜汁が激しい交歓で飛び散り、ふたりの股間がじっとりと湿る。くしゃくしゃになったシーツにも、汗や体液がかなり染み込んでいるはずだ。

（あとで洗濯をしなくちゃな）

どうでもいいことをチラッと考え、忠雄は男根を気ぜわしく往復させた。

「ぷはっ」

真紀が頭を振ってくちづけをほどく、波打つ裸身が、快楽の極みへと一直線に駆けあがった。

「イヤイヤイヤ、イクッ、イッちゃう、うううううぅっ！」

アクメ声を張りあげた彼女の奥に、忠雄はありったけの想いを注ぎ込んだ。


（了）

※本作品はフィクションです。作品内に登場する団体、
人物、地域等は実在のものとは関係ありません。

人妻《ひとづま》ゆうわく相談室《そうだんしつ》

〈書き下ろし長編官能小説〉

2022年4月28日　初版第一刷発行

著者……………………………………………多加羽 亮

ブックデザイン…………………橋元浩明(sowhat.Inc.)

発行人…………………………………………後藤明信

発行所…………………………………株式会社竹書房

〒102-0075　東京都千代田区三番町8－1

三番町東急ビル6F

email：info@takeshobo.co.jp

http://www.takeshobo.co.jp

印刷所……………………………中央精版印刷株式会社

定価はカバーに表示してあります。